Yvonne Bauer

Nr. 983

Roman

Bibliografische Information der Deutschen Nationalbibliothek:Die Deutsche Nationalbibliothek verzeichnet diese Publikation in der Deutschen Nationalbibliografie; detaillierte bibliografische Daten sind im Internet über www.dnb.de abrufbar.

Impressum
Titel: Nr. 983
von Yvonne Bauer (Autor)
Preis 9,99 Euro
3. Auflage
Copyright: © 2017 Yvonne Bauer
Coverdesign: © 2017 Yvonne Bauer
Bildmaterial: © Copyright by Emanuele Mazzoni - Fotolia.com #120043075 - Volterra's sanitarium
Absatzornamente: Designed by Freepik.com
Herstellung und Verlag: BoD – Books on Demand, Norderstedt
ISBN: 978-3-744-83486-5

Die Handlung dieses Romans ist frei erfunden. Jede Ähnlichkeit mit toten oder lebenden Personen wäre zufällig und nicht beabsichtigt.

Was historische Persönlichkeiten und die Ereignisse im Zweiten Weltkrieg betrifft, gilt dies jedoch nicht. Dennoch habe ich auf Rücksicht auf die Nachfahren die Namen der Handelnden geändert. Einen kleinen Auszug aus den Recherchen finden Sie unter dem Kapitel »Anmerkungen der Autorin«.

Um einen spannenden Roman zu schreiben, habe mir erlaubt, einige Fakten um Fiktion zu ergänzen. Nennen Sie es künstlerische Freiheit, um den heute Lebenden die Vergangenheit näher bringen zu können.

»Niemand zählt diese Morde der Ärzte, wie man vorzeiten die Morde der Inquisition nicht zählte, weil man des Glaubens war, sie würden zum Heil der Menschheit begangen.«

Lew Nikolajewitsch Graf Tolstoi (1828 - 1910)

Inhaltsverzeichnis

Charaktere

Luise Schramm, geborene Seidenstücker: 92-jährige Dame auf den Spuren ihrer Vergangenheit, ehemalige Sekretärin des ärztlichen Direktors in Pfafferode bei Mühlhausen

Ernst Schramm: Ehemann von Luise, Pfleger in der Nervenheilanstalt Pfafferode

Minna Seidenstücker: Mutter von Luise

Friedrich Seidenstücker: Vater von Luise

Charlotte: Tochter von Luise und Ernst

Hildegard: Tochter von Luise und Ernst

Albert: Sohn von Luise und Ernst

Johanna: Tochter von Hildegard, Enkelin von Luise und Ernst

Elsbeth Falk: Sekretärin in der Schreibstube des Klinikdirektors, Freundin von Luise, Frau des Oberpflegers

Gustav Falk: Oberpfleger, Freund von Ernst Schramm

Erna Mörstedt: Nachbarin und gute Freundin der Seidenstückers

Ernst Mörstedt: Ernas Mann, Buchhalter, im Krieg Funker bei der Marine

Joachim Mörstedt: ältester Sohn von Erna und Ernst

Horst Mörstedt: zweitältester Sohn von Erna und Ernst

Brigitte Mörstedt: einzige Tochter von Erna und Ernst

Wolfgang Mörstedt: jüngster Sohn von Erna und Ernst

Direktor Schroth: ärztlicher Direktor der Nervenheilanstalt

Herr Petzold: Sohn einer verstorbenen Patientin der Klinik

Direktor Stein: Nachfolger von Doktor Schroth als ärztlicher Direktor der Klinik

PROLOG

Pfafferode, 4. Mai 2017

Johanna sah zu ihrer Großmutter, die sich mit zittrigen Fingern an ihrem Gurt zu schaffen machte. »Oma, lass mich dir doch helfen!«

Verhalten sah die alte Dame, die vor wenigen Monaten ihren dreiundneunzigsten Geburtstag gefeiert hatte, auf. Ein Kranz von Fältchen umrandete ihre ernsthaft dreinblickenden Augen bei dem Versuch, die Unsicherheit mit einem Lächeln zu überspielen. »Danke, mein Kind. Ich bin wohl etwas nervös.«

Mit einem leisen Klacken gab das Gurtschloss den Sicherheitsgurt frei, der sogleich und beinahe lautlos in seine Halterung zurückgezogen wurde. Die junge Frau sah der Schlosszunge nach, bis sie bewegungslos in ihrer Position verharrte. Was sollte sie ihrer Großmutter antworten?

Oma Luise war doch weitaus aufgeregter, als Johanna erwartet hatte. Kein Wunder, wenn man bedachte, dass sie ihrer Enkelin ein Geheimnis, das sie und Opa Ernst jahrzehntelang mit sich herumgetragen hatten, offenbahren wollte. Wahrscheinlich wäre es nie zur Sprache gekommen, hätte der alte Herr nicht auf dem Sterbebett etwas angesprochen, das Ewigkeiten in ihm geschlummert und uralte Wunden bei seiner Frau wieder aufgerissen hatte ...

Johannas Opa litt schon seit Jahren an einer Demenz, Alzheimer war die Erklärung der Ärzte.

Hilflos musste die Familie mitansehen, wie die Erinnerungen dieses stolzen, humorvollen und gutherzigen Mannes in den Nebel der Vergessenheit eintauchten, um später für immer zu verschwinden. Übrig blieb eine Hülle von Mensch, gefangen im eigenen Körper, dem unaufhaltsamen Verfall preisgegeben. Zuletzt hatte ihren Großvater eine Lungenentzündung ans Bett gefesselt.

Johanna konnte sich noch genau an jedes Detail des Tages erinnern, an dem er starb. Großmutter, Onkel Albert, ihre Mutter und sie hatten sich um das Krankenlager versammelt, um in den letzten Stunden bei ihm zu sein und sich zu verabschieden. In einem scheinbar lichten Moment lächelte Opa Ernst seine Frau an und bat sie, nach den Kindern zu sehen. Charlotte würde doch gewiss vor dem Schlafengehen wieder eine Gute-Nacht-Geschichte einfordern. Beim Klang dieses Namens war sämtliches Blut aus dem Gesicht der alten Dame gewichen. Johanna sah das Bild vor sich, wie ihre Oma vor Schreck erstarrte. Sie zitterte wie Espenlaub, versprach ihm jedoch, sich gleich darum zu kümmern, was Opa Ernst ein zufriedenes Lächeln auf seine Lippen zauberte. Wenig später schloss er für immer die Augen.

Von diesem Moment an schien sich die Welt um Großmutter Luise langsamer zu drehen. Johanna und ihre Mutter hatten sie noch nie so verstört gesehen. Die Fassade, hinter der ein innerlicher Aufruhr tobte, begann zu bröckeln. Auf die Frage der Enkelin, wer denn diese Charlotte sei, von der

Großvater gesprochen hatte, brach sie weinend zusammen.

Niemand fand einen Zugang zu der völlig erschütterten alten Dame, nicht einmal ihre eigene Tochter, Johannas Mutter Hildegard.

Der besorgniserregende Zustand Luises gipfelte in einem Notarzteinsatz am folgenden Tag. Entkräftet war sie zusammengebrochen und musste sogar in die Klinik gebracht werden. Als Johanna ihre Großmutter dort besuchte, quälte sie die Angst, dass sie nur zwei Tage nach ihrem Großvater nun auch ihre Oma würde begraben müssen. Gott sei Dank halfen die Infusionen, die Luise bekam, dabei, dass sie rasch wieder zu Kräften kam.

Die junge Frau nahm ihrer Großmutter das Versprechen ab, dass sie regelmäßig aß und trank, damit sie schnell mit nachhause kommen konnte.

Im Gegenzug dafür musste Johanna der alten Dame versichern, dass sie nach ihrer Entlassung einen Kurztrip mit ihr unternehmen würde.

Neugierig, wo sie denn hinfahren wollten, bekam Johanna jedoch nur kryptische Antworten. »Du wirst es sehen, wenn wir da sind. Nur eines vorweg: Es geht um ein Geheimnis ... ein schreckliches Geheimnis, auf einer Reise in die Vergangenheit, mein Kind.«...

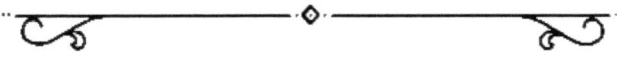

Johanna half ihrer Oma aus dem Auto, stieß die

Tür des rostigen Käfers zu und hielt mit ihr auf das Pförtnerhäuschen zu, in dem eine nette junge Frau saß, die sie freundlich begrüßte. »Kann ich ihnen helfen?«

Abgelenkt vom bewegten Spiegelbild Luises im Fenster des Häuschens, in dem sie ihre weißen schütteren Haare, die sich aus dem Knoten am Hinterkopf gelöst hatten, wieder in Ordnung brachte, reagierte Johanna nicht sofort. Sie betrachtete ihre Großmutter einen Moment, bevor sie sich auf die Frage der Pförtnerin besann. »Oma, wo genau wollen wir hin?«

Die alte Dame trat an das geöffnete Fensterchen heran und musterte ihr brünettes Gegenüber. »Vielen Dank für die angebotene Hilfe, aber ich kenne mich hier aus.«

»Kein Problem. Sollten sie dennoch Fragen haben, wissen sie ja, wo sie mich finden.« Vom Klingeln an der Schranke zur Klinik unterbrochen, wandte sich die Pförtnerin wieder ihren Pflichten zu, während Luise sich bei ihrer Enkelin unterhakte und sie auf das Gelände des Krankenhauses führte.

Nach wenigen Schritten sah sie sich um und ließ ihren Blick über die riesige Parkanlage streifen. »Es hat sich doch einiges verändert. Die Bäume sind gewachsen.«

»Wohin gehen wir, Großmutter?«

Noch immer hatte Luise ihrer Enkelin nicht verraten, worum es eigentlich bei diesem Ausflug ging. »Hab etwas Geduld, meine Kleine. Lass uns noch ein Stück gehen.« Die alte Frau orientierte sich nach rechts und hielt auf ein Gebäude mit gläserner Front zu. Eine breite Treppe mit unzähligen Stufen führte dort hinauf. »Das ist ebenfalls neu. Dieser Bau hat zu meiner Zeit noch nicht hier gestanden. Aber das Haus ...« Sie deutete auf ein villenähnliches Bauwerk zur Linken der Fensterfront. »... und jenes ...« Sie zeigte auf eine weitere Villa zur Rechten. »... die hat es schon gegeben. Wie es scheint, hat man die beiden Villen durch diesen Anbau miteinander verbunden. Lass uns hinaufgehen.«

»Meinst du nicht, wir sollten die Auffahrt hinauf laufen? Es sind sehr viele Stufen und du bist nicht mehr ...«

»Vierzig? Sechzig? Achtzig?«

Das Lachen ihrer Großmutter war ansteckend. Johanna warf den Kopf in den Nacken und kicherte. »Ich wollte eigentlich sagen: ... nicht mehr ... ganz so gut zu Fuß.« Fragend sah die junge Frau zu ihrer Oma herunter, die einen Kopf kleiner war, als sie selbst.

»Wir laufen einfach langsam, dann schaffen wir schon die paar Stufen. Dort oben steht eine Bank. Da können wir uns ausruhen.« Luise stieg auf die erste Treppenstufe, sah sich kurz um, ob Johanna ihr folgte, und nahm eine weitere. Am Absatz vor dem Eingang zu dem Gebäude angekommen, setzten sich die beiden auf die Holzbank neben einem Blumencontainer. Die alte Dame heftete ihren Blick auf die Villa Linkerhand, an die sich nahtlos die Fensterfront des Neubaus anschloss.

»Das Haus ... da hat alles angefangen. Ich bin deinem Großvater dort das erste Mal begegnet. Das ist nun schon ... lass mich nachdenken ... beinahe fünfundsiebzig Jahre her, eine halbe Ewigkeit ...«

Am entrückten Blick ihrer Großmutter erkannte Johanna, dass diese ein gänzlich anderes Bild vor Augen haben musste, als sie selbst ...

TEIL 1

<u>Kapitel 1 - Pfafferode, 12. März 1941</u>

Mit bis zum Hals hinauf klopfendem Herzen lief Luise die Allee entlang. Ihr linkes Strumpfband hatte sich gelöst, sodass der daran fixierte Wollstrumpf das Bein hinunter rutschte und oberhalb des braunen Schnürschuhs Falten schlug. Ein klirrender Windhauch kroch an der nackten Haut ihres Oberschenkels unaufhaltsam nach oben.

Es war sehr kalt für Mitte März. Der Winter krallte seine eisigen Klauen noch immer in das Erdreich der großzügig angelegten Parkanlage und hinderte die aufkeimende Natur daran, endlich zu erwachen.

Die junge Frau zog den Mantel enger um ihren Körper und hielt, die Strumpfkatastrophe ignorierend, auf die Tür der Jugendstilvilla zu. Dort angekommen strich sie sich eine rote Locke hinter das Ohr. Die üppige Haarpracht sorgte, wie sie wusste, des Öfteren für neidvolle Blicke unter den Damen ihres Alters, die mit Brenneisen ihre Haare traktierten, und kaum vergleichbare Ergebnisse erzielten.

Bevor sie eintrat, zog sie den verirrten Wollstrumpf wieder an Ort und Stelle. Während Luise sich fragte, ob sie Ernst wohl heute begegnen würde, griff sie mit ziegenlederbehandschuhter Hand nach der Türklinke. Seit sie am Tag nach Neujahr ihren Dienst in der Schreibstube des Klinikdirektors angetreten hatte und dem gutaussehenden Pfleger vor der Apotheke vor die Füße gestolpert war, führte ihr Herz wahre Freudentänze auf, wenn sie nur an ihn dachte. Mit seinem weißblonden Bürstenhaarschnitt, den breiten Wangenknochen und den blauen Augen war er der Inbegriff eines arischen Mannsbildes.

Seit ihrer ersten Begegnung war sie Ernst immer wieder über den Weg gelaufen. Luise glaubte nicht an Zufall, schon gar nicht, seit Elsbeth, eines der Mädchen aus der Schreibstube, ihr erzählt hat, dass er neuerdings freiwillig Botengänge in die Apotheke unternahm und das exakt zu der Zeit, zu der die Frauen ihre Arbeit begannen.

Elsbeths Verlobter versorgte sie mit derlei Informationen. Als Oberpfleger wusste er genau darüber Bescheid, was in den Häusern vorging, die ihm unterstanden. In den mehr als zwanzig Villen, die in der Parkanlage vor beinahe drei Jahrzehnten gebaut worden waren, wurden hunderte Geisteskranke behandelt, viele von ihnen schon seit Jahren.

Luise schloss die Tür hinter sich und stieg die Treppen hinauf. Am Rand eines großen Krankensaals blieb sie stehen und blickte sich suchend um. Ihr Herzschlag setzte für einen Moment aus, als sie Ernst unter den Anwesenden entdeckte. Als er sich umdrehte, winkte sie ihm zu. Sogleich hielt er freudestrahlend auf sie zu. »Fräulein Luise, wie schön, sie zu sehen.«

Die junge Frau genoss die anerkennenden Blicke

ihres Gegenübers und bleckte ihre wohlgeformten Lippen mit der Zunge, bevor sie antwortete. »Ich bringe die Post.«

»Aber das wäre doch nicht nötig gewesen.« Lächelnd nahm er die Umschläge entgegen.

»Das oberste Kuvert ist mit einem Eilt-Aufdruck versehen.« Verlegen sah Luise auf ihre zitternde Hand, mit der sie nach wie vor die Schriftstücke hielt.

Das Lächeln erstarb, als Ernst der jungen Frau die Post abnahm. Mit einem Blick auf den Absender ahnte er, was der Umschlag enthielt. Es war nicht das erste Mal, dass ein Brief aus der Berliner Tiergartenstraße eintraf. Dennoch zog sich ihm der Magen schmerzhaft zusammen, wenn er darüber nachdachte, welche Folgen der Inhalt des Schreibens nach sich zog.

Irritiert verabschiedete sich Luise. Sie wusste nicht, was sie falsch gemacht hatte. In dem einen Moment wurde sie von dem Mann ihrer Träume mit einem Lächeln begrüßt, das jedes Frauenherz zum Schmelzen bringen konnte, und im nächsten war sein Blick völlig versteinert. Sie war schon drauf und dran, aus dem Krankensaal zu stürmen, als Ernst, der ihren inneren Aufruhr erkannt haben musste, nach ihrem Arm griff. »Fräulein Luise, bitte entschuldigen sie mein unhöfliches Verhalten!«

»Ist schon ...«

»Nein, ist es nicht!« Mit glühendem Blick sah er auf sie herunter. »Würden sie heute Nachmittag mit mir spazieren gehen?«

Völlig aus der Fassung gebracht, klappte der jungen Frau die Kinnlade nach unten.

Als sie nicht antwortete, unternahm Ernst einen erneuten Vorstoß. »Ich könnte sie nach der Arbeit abholen, wenn sie keine anderen Verpflichtungen haben?«

Ein durchdringender Schrei erklang aus einer Ecke des Krankensaals. Mit einem Blick erfasste Ernst die Situation. Im Gehen wandte er sich noch einmal um. »Um vier?«

»Einverstanden.« Luise sah dem Pfleger nach, der zu einem seiner Schützlinge eilte, um ihm zu helfen. Sie zwang sich, den Blick von ihm abzuwenden und murmelte zum Abschied ein »Sieg heil!«

Wie verabredet wartete Ernst bereits am Treppenabsatz des Verwaltungsgebäudes auf sie. Ohne den Pflegerkittel, adrett gekleidet mit Hut und Mantel, sah er ganz verändert aus. Er zog genüsslich an seiner Zigarette, als Luise langsam die Stufen zu ihm hinabstieg. Sie beobachtete den jungen Mann, der lässig an einer Steinsäule lehnte.

Als zwei weitere Mädchen aus dem Schreibdienst das Gebäude verließen und kichernd versuchten, auf sich aufmerksam zu machen, drehte sich Ernst um. Er hatte jedoch nur Augen für Luise, was sie mit einer gewissen Genugtuung registrierte.

Hastig beugte sich der junge Mann nach vorn, um seine Zigarette auf der Treppenstufe vor sich auszudrücken, steckte den übriggebliebenen Stummel zurück in ein Etui, bevor er eiligen Schrittes auf die rothaarige Schönheit zueilte.

»Fräulein Luise! Ich bin so froh, dass sie es einrichten konnten. Darf ich?«

Luise legte ihre Hand auf den angebotenen Arm. »Vielen Dank, Herr Schramm. Wohin gehen wir?«

»Nun, meine Teure, in Anbetracht der Tatsache denke ich, dass ich ihrer Familie meine Aufwartung mache.« Ernst schmunzelte, als er den Gesichtsausdruck Luises sah.

Es dauerte einen Moment, bis sie die Sprache wiedergefunden hatte. »Was meinen sie ... in Anbetracht welcher Tatsache?«

»Ich gedenke, sie zu heiraten, so bald als möglich.«

»Heiraten? ... Sind sie von allen guten Geistern verlassen? Sie kennen mich doch gar nicht!«

»Liebes Fräulein Luise, ich weiß alles, was ich wissen muss, um mir sicher zu sein, dass ich bis über beide Ohren verliebt bin. Seit ich sie das erste Mal gesehen habe, am Morgen des zweiten Januar, als sie auf der zugefrorenen Pfütze vor der Treppe zur Apotheke geschlittert und beinahe gestürzt sind, war es um mich geschehen. Sie sind sprichwörtlich in mein Leben gestolpert und haben es auf den Kopf gestellt. Jeden Morgen nach dem Aufwachen gilt mein erster Gedanke ihnen, abends vor dem Schlafen der letzte. Wollen sie wenigstens über den Antrag nachdenken?« Mit flehendem Blick sah Ernst in unergründliche grüne Augen und verlor sich darin.

Luise verstärkte den Griff um seinen Arm und lächelte zaghaft. »Vielleicht bringst du mich nach Hause, damit ich dir meine Mutter vorstellen kann. Vater ist an der Front. Wir warten jeden Tag auf Nachricht von ihm.«

Ernst drehte sich zu ihr um, griff nach ihren Schultern und strahlte förmlich. »Du? ... Heißt das, du sagst ja?«

»Ja, ... Ja!!!« Noch ehe Luise die Tragweite ihrer Worte begreifen konnte, wurde sie von starken Armen umschlungen. Sie juchzte vor Freude, als Ernst sie emporhob und sich mit ihr einmal um die eigene Achse drehte.

»Du machst mich zum glücklichsten Mann der Welt!« Vorsichtig stellte er seine Braut wieder auf ihre Füße.

»Vielleicht erzählst du mir auf dem Weg nach Hause etwas von dir? Dass du Pfleger bist, weiß ich ja bereits. Wie alt bist du? Wo wurdest du geboren? Hast du Geschwister?«

Erneut hob Ernst den Ellenbogen, damit Luise sich unterhaken konnte. »Nun, wenn du mir sagst, wo du wohnst, beantworte ich dir auf dem Weg dorthin alle deine Fragen.«

»In der Schaffentorstraße ...«

»Nehmen wir die Straßenbahn?«

»Wir können bis zum Blobach fahren und den restlichen Weg laufen.«

»Einverstanden.« Er zog eine Uhr aus der Tasche. »Es ist gleich halb fünf. Wenn wir uns beeilen, schaffen wir die nächste Bahn.«

Gemeinsam schlenderten sie in Richtung Haltestelle, als die vollbesetzte Bahn vor ihren Augen davonfuhr.

»Dann also die Nächste ....« Seufzend griff Luise nach ihrem Schal. Sie zog ihn sich enger um den Hals. »Hoffentlich wird es bald wärmer. Ich kann diese furchtbare Kälte nicht mehr ertragen. Die Kohlen sind auch fast alle. Wir heizen nur noch jeden zweiten Abend.«

»Ich weiß, was du meinst. Dieser verdammte Krieg verlangt uns allen einiges ab. Mein Vater ist im letzten Mai vor Sedan gefallen.«

»Das tut mir leid. Und deine Mutter?«

»Sie ist schon lange tot. Ich kann mich kaum mehr an sie erinnern. Meine Oma hat mich praktisch großgezogen. Sie ist eine tolle Frau.« Mit einem verschmitzten Lächeln auf den Lippen fuhr er fort. »Ich bin überzeugt davon, dass du ihr gefallen wirst.«

Das Läuten der Straßenbahnglocke unterbrach das Gespräch der beiden. Mit einem metallischen Quietschen und dem Zischen der Bremsen hielt der Linienwagen vor dem Paar. Aufsteigender Wasserdampf hüllte die Wartenden in einen feinen Nebel. Die Türen wurden aufgerissen und eine Menschentraube quetschte sich durch die schmalen Öffnungen nach draußen. Ernst und Luise schoben sich durch das Gedränge der

Fahrgäste in den Wagen. Die Menschen standen so dicht beieinander, dass auch das Rucken beim Anfahren der Bahn niemanden zum Stürzen hätte bringen können.

Die Fahrt verlief weitgehend schweigend, die Straßenbahn hielt hinter der Feldweiche, am Schwanenteich und an der Aue, wobei an jeder Haltestelle weitere Leute ein- und ausstiegen und das Geschubse ungeahnte Ausmaße annahm.

Nachdem die beiden am Blobach den Linienwagen endlich verlassen konnten, wandten sie sich in Richtung Petristeinweg.

»Hier wurde ich getauft.« Luise zeigte auf eine Kirche mit einem wunderschönen bunten Dach.

Interessiert sah Ernst zu dem alten Gemäuer, bevor ein Lächeln sein Gesicht erhellte. »Sankt Petri. Ich kenne das Gotteshaus nur von außen. Was hältst du davon, wenn wir hier heiraten? Würde dir das gefallen?«

»Findest du nicht, dass das alles viel zu schnell geht?«

»Wenn mich die letzten Jahre eines gelehrt haben, dann, dass man keine Zeit verlieren sollte, wenn man sich einer Sache sicher ist. Im Moment diene ich unserem Volk und Vaterland, indem ich mich um die Kranken kümmere. Wer sagt mir denn, dass ich nicht morgen oder nächste Woche einberufen werde, um die tapferen Soldaten im Kampf an der Front zu unterstützen? Hör in dich hinein, Luise! Du musst es doch ebenso fühlen wie ich, dass wir beide füreinander bestimmt sind.«

Die Heftigkeit seines Ausbruchs erschrak den jungen Mann selbst, sodass er einen Schritt zurücktrat, um die Frau seiner Träume nicht einzuschüchtern. Als er jedoch das Funkeln in ihren Augen und das Schmunzeln wahrnahm, fühlte er, dass alles gut werden würde.

»Erzähl mir von deiner Arbeit! Wir haben noch ein Stück Weg vor uns.«

»Mutter?« Luise steckte den Kopf durch die Tür zum Wohnzimmer. »Bist du hier?«

Als keine Antwort kam, lief sie in Richtung Treppe. »Mutter?«

Aus der oberen Etage tönte eine Frauenstimme. »Luise, bist du das?«

»Ja, Mutter. Ich habe Besuch mitgebracht.«

»Besuch? Mitten in der Woche?«

Luise bedachte ihr Gegenüber mit einem entschuldigenden Lächeln und einem Schulterzucken, bevor sie antwortete. »Kannst du bitte herunterkommen? Ich würde dir gern jemanden vorstellen.«

»Augenblick, geht doch schon mal in die Küche! Ich komme gleich.«

Abrupt drehte sich Luise zu Ernst um. »Du hast es gehört. Gehen wir! Ich koche uns eine Kanne Kaffee.« Sie wandte sich einer beigebraun gestrichenen Holztür zu, die der Treppe genau gegenüber lag und trat vor ihm in den Raum, aus dem ihr behagliche Wärme entgegenschlug. Der Ofenherd war angefeuert, wie jeden Tag, wenn Luise nach Hause kam. Auf der dicken Eisenplatte stand ein Wasserkessel.

»Wie es aussieht, hat meine Mutter bereits mit mir gerechnet. Wir trinken nach Feierabend immer zusammen Kaffee, allerdings keinen Bohnenkaffee. Den haben wir schon seit Monaten nicht mehr getrunken. Aber wir haben Zichorienkaffee.« Geschäftig schepperte Luise mit dem Geschirr. »Setz dich doch!« Sie deutete auf einen der Küchenstühle, die zu jeder Seite des quadratischen Holztisches in der Nähe des Fensters platziert waren und stellte, nachdem er sich hingesetzt hatte, eine Tasse vor ihn hin und zwei weitere daneben.

Wenig später war das Klappern von Absätzen auf der Treppe zu hören, bevor die Tür zur Küche geöffnet wurde. Ernst sprang auf, als Luises Mutter den Raum betrat. »Guten Tag!«

Überrascht sah sie von dem Besucher zu ihrer Tochter. »Mein Schatz, möchtest du uns nicht vorstellen?«

Röte stieg der jungen Frau ins Gesicht. »Verzeih, Mutter! Das ist Herr Schramm.«

»Ernst.« Er trat einen Schritt auf die adrett gekleidete Mittvierzigerin zu, die ihre kastanienbraunen Haare zu einem Knoten im Nacken zusammengebunden hatte und eine wenig ältere Ausgabe ihrer Tochter zu sein schien. »Es freut mich, sie kennenzulernen.«

»Nun, die Freude ist ganz meinerseits. Wie ich sehe, hat Luise den Kaffeetisch bereits gedeckt. Wollen wir uns nicht setzen und sie erzählen mir, was sie zu uns führt?«

»Mutter!«

»Schon in Ordnung, Luise. Ich schätze es, wenn jemand unumwunden ausspricht, was er denkt.« Er zog einladend einen der Stühle zurück. »Der Kaffee duftet köstlich.«

»Ich wünschte, dem wäre so. Wenigstens schmeckt er nicht einmal halb so schlecht, wie er riecht.« Lächelnd sah sie zu Luise, die ihr gegenüber kopfschüttelnd Platz genommen hatte. »Ich hoffe, dass dieser verdammte Krieg bald ein Ende findet, sei es nur, um wieder eine Tasse frischen Bohnenkaffee trinken zu können.«

»Mutter!«

»Lass nur, Luise, sie hat ja Recht. Freilich würden mir noch einige Dinge einfallen, die ich nicht mehr missen möchte.«

»Sie sprechen mir aus der Seele, Herr Schramm.«

»Ernst ... bitte!«

Bevor sie etwas erwidern konnte, schwoll der ohrenbetäubende Lärm von Sirenen zu einem Crescendo an, wurde wieder leise, sodass das Läuten der Kirchenglocken von Sankt Petri zu hören war, nur um kurze Zeit später erneut jedes Geräusch zu übertönen.

Luise sprang auf. »Schnell, in den Keller ...«

Ernst griff nach ihrer Hand und ließ sich von ihr

mitziehen.

»Ich öffne die Haustür. Lauft schon, ich komme gleich!«

Die beiden polterten die Kellertreppe hinunter und warteten darauf, dass Luises Mutter zu ihnen stieß und vielleicht noch einige Passanten von der Straße, die sich nicht schnell genug in ihren eigenen Häusern in Sicherheit bringen konnten.

Zu dritt saßen sie in den Kellerräumen zwischen den wenig verbliebenen Kohlen und Kartoffeln und warteten auf das erlösende Signal, das ihnen anzeigte, dass die Gefahr des Fliegeralarms vorüber war.

Luises Mutter war auch im schummrigen Licht des Kerzenstummels nicht entgangen, dass die beiden sich nach wie vor bei den Händen hielten. »So, nun mal heraus mit der Sprache! Was geht hier vor?«

Ernst sah Luise in stummen Einverständnis in die Augen. Er schluckte kurz und räusperte sich, sodass sein Adamsapfel zu tanzen schien, bevor er auf die Frage antwortete. »Ich möchte sie um die Erlaubnis bitten, ihre Tochter heiraten zu dürfen, Frau Seidenstücker. Freilich hätte ich das gern unter anderen Umständen ...«

Luises Mutter erhob sich. Sie stemmte die Hände in die Hüften und baute sich vor den beiden auf. Ihre Gesichtszüge waren an Strenge kaum zu überbieten, der Mund zu einer schmalen Linie zusammengepresst. »Bist du schwanger?«

Nun war es Luise, die sich wutschnaubend erhob und sich vor ihre Mutter postierte. »Wofür hältst du mich? Für ein leichtes Mädchen?«

Zornig funkelten die beiden Frauen sich an. Verblüfft über diese Tatsache überlegte Ernst, ob er dazwischengehen und den Streit schlichten sollte, hielt es jedoch für vernünftiger, sich nicht einzumischen. Er staunte über die Facette an Luise, die er noch nicht hatte kennenlernen dürfen. Sie hatte auf ihn so schüchtern gewirkt. Umso mehr überraschte und fesselte ihn diese bisher unentdeckte Seite an ihr. Die Luft knisterte förmlich, als die Sirene das Ende des Fliegeralarms signalisierte und die zum Zerreißen gespannte Atmosphäre auflockerte.

»Sollten wir nicht nach oben gehen und dort alles Weitere besprechen? Ich bin mir sicher, dass wir dieses ... Missverständnis schnell aufklären können.« Ernst sah erst zu Luise, dann mit bittendem Blick zu deren Mutter.

»In Ordnung. Ich hoffe, ihr habt eine gute Erklärung parat.« Sie wandte sich um und stapfte die Kellertreppe hinauf, zurück in die Küche, wo der frisch aufgebrühte Kaffee in der Zwischenzeit kalt geworden war.

Kapitel 2 - Mühlhausen, 8. April 1941

»Was ist denn heute mit dir los? Du bist so schweigsam.« Besorgt versuchte Luise, das Verhalten ihres Verlobten zu deuten. In den vier Wochen seit seinem Antrag war er stets humorvoll und unterhaltsam gewesen. Dass ihn irgendetwas beschäftigte, war unübersehbar.

»Es hat mit der Arbeit zu tun. Ich möchte dich aber nicht damit belasten.« Ernst sah sie nur kurz an und dann gleich wieder in die Ferne. Eine steile Falte zerfurchte seine Stirn oberhalb der Nasenwurzel.

»Heißt es nicht, in guten wie in schlechten Zeiten? Wenn wir erst verheiratet sind, werden wir uns doch auch alles anvertrauen.«

Der junge Mann schnaubte. Seine Miene wechselte von Selbstironie über Ärger zu ... ja, was war das für ein Ausdruck? Luise meinte Furcht in den Gesichtszügen zu erkennen. »Komm, setzen wir uns und reden!« Sie führte ihn zu einer Bank in der kleinen Parkanlage am Pfortenteich, wo sie täglich nach der Arbeit spazieren gingen, bevor Ernst sie heimbrachte.

Erfreulicherweise war nun endlich der Frühling eingekehrt. Nur noch wenige schmutzige Schneeflecken in schattigen Ecken zeugten davon, dass der Winter gerade erst vorüber war.

Auch nachdem sie sich hingesetzt hatten, schwieg Ernst weiterhin. Er schien nach Worten zu suchen.

Allmählich beängstigte Luise die Situation. »Es wird doch kaum so schlimm sein, dass du mir nicht sagen kannst, was dich bedrückt?« Für einen Moment hatte sie das Gefühl, dass ihr Herzschlag aussetzte, um kurz darauf in solch einem rasenden Tempo weiterzuschlagen, dass ihr schwindlig wurde.

Luise griff sich mit zitternden Händen an den Hals, der wie ausgedörrt zu sein schien.

Endlich löste sich Ernst aus seiner Starre. »Luise, was ist? Geht es dir nicht gut? Du bist ja ganz blass!« Er sprang auf, ging vor ihr in die Hocke und sah zu ihr auf. »Luise, du machst mir Angst! Leg dich hin, bevor du mir noch umkippst!« Hastig schälte sich Ernst aus dem Mantel und legte ihn ausgebreitet auf die Bank.

Nachdem sie sich hingelegt hatte, kehrte Farbe in ihre Lippen und Wangen zurück, was ihn ein wenig beruhigte. »Geht es dir jetzt besser?«

Luise nickte peinlich berührt und wollte sich wieder aufrichten, als Ernst sie daran hinderte. »Bleib lieber noch einen Moment liegen!«

Sie zog die Beine heran und rutschte weiter in Richtung ihrer Füße, sodass er neben ihrem Kopf genügend Platz fand, um sich zu setzen.

Für einen Augenblick überlegte er, wo er anfangen sollte, damit sie auch verstand, was in ihm vorging, kam jedoch zu dem Ergebnis, dass wohl niemand sich in ihn hineinversetzen konnte, selbst Luise nicht. Seufzend begann er zu erzählen. »Nach dem Tod meines Vaters war es an mir, mich um Großmutter zu kümmern. Es lag in meiner Verantwortung, dass es ihr an nichts fehlt. Ich war nun der Mann im Haus und froh über die Anstellung als Pfleger in Pfafferode. Es gibt genügend Männer meines Alters, die entweder in einer der Rüstungsfabriken in der Stadt schuften oder an der Front, um für Volk und Vaterland kämpfen.« Er zögerte einen Moment, bevor er weiterredete. »Ich lehne jede Form der Gewalt ab. Ich würde niemals eine Waffe gegen einen Menschen richten, geschweige denn, ihn damit töten. Das tue ich aus tiefster Überzeugung. Umso schlimmer ist es für mich, dass ich indirekt dabei helfe, Menschen in den Tod zu schicken.«

Hastig richtete sich Luise auf. Erneut wurde ihr für einen Moment schwindlig. Ihre Besorgnis über das, was Ernst ihr zu erzählen versuchte, überwog jedoch, sodass sie das Schwindelgefühl ignorierte und nach seiner Hand griff. Sie hätte ihm gern tausend Fragen gestellt, ahnte aber, dass sie ihn nicht unterbrechen durfte.

»Morgen ist es wieder soweit. Gleich in der Frühe wird ein Bus vor dem Haus halten, in dem ich arbeite, und neunundzwanzig meiner Patienten abholen. Zusammen mit weiteren vierzehn aus anderen Abteilungen werden sie nach Altscherbitz gebracht.« Ernst holte tief Luft, bevor er weitersprach. »Von da aus werden sie weiterverlegt ... nach Bernburg, um dort getötet zu werden. Das ist, soweit mir bekannt ist, nun schon der sechste Transport dieser Art und ich weiß nicht, wie ich das mit meinem Gewissen ausmachen soll. Im Grunde mache ich mich doch genauso schuldig, als würde ich sie selbst töten.« Aufgebracht raufte er sich die Haare, sodass sie wild in alle Himmelsrichtungen von seinem Kopf abstanden. »Aber ich brauche diese Arbeit. Was soll ich denn sonst tun? Wie soll ich mich weiter um meine Oma kümmern und um dich, wenn ich kein Geld verdiene?«

Luise schwieg. Sie hatte schon von den schlimmen Dingen gehört, die in Pfafferode zugingen, sie jedoch als ein Gerücht abgetan. Nun erfuhr sie aus erster Quelle, dass all das Gerede hinter vorgehaltener Hand wahr war.

»Ich habe schon überlegt, Gustav um die Versetzung in eine andere Abteilung zu bitten, weiß aber, dass er die Betriebszelle der Nationalsozialisten in Pfafferode leitet. Ich fürchte, er würde meinen Wunsch als Widerstand gegen die Politik des Hauses und somit gegen die Partei und unseren Führer verstehen. Du weißt, was mit den Leuten passiert, die nicht die Linie halten?«

Nickend sah Luise in seine Augen. Sie konnte all die Qualen, die er durchlitt, darin ablesen. Aber er hatte Recht. Wie sollte er sich dagegen wehren? Die Tatsache, dass Ernst mit Gustav befreundet war, durfte ihn nicht in Sicherheit wiegen. »Warum hast du mir nicht schon eher davon erzählt?«

»Ich hatte Angst, dass du dann nichts von mir wissen willst. Ehrlich gesagt fürchte ich mich auch jetzt davor, dass du die Hochzeit absagst.«

Sein flehender Blick erreichte ohne Umwege ihr Herz. »Wie könnte ich? Du tust deine Pflicht. Du sorgst dich um deine Familie.«

»Aber es sind kranke Menschen, die unter meiner Obhut stehen. Sie haben auch Familien ...«

»Ja, Verwandte, die sie im Irrenhaus abgegeben haben, anstatt sich zuhause um sie zu kümmern.« Luises Gesichtszüge wurden hart.

»Das ändert aber nichts an der Tatsache, dass sie krank sind und meine Hilfe brauchen.«

»Du hast Recht. Wer legt denn fest, welche Patienten in die anderen Anstalten verlegt werden?«

»Erinnerst du dich an den Brief, den du mir vor vier Wochen gebracht hast?«

Luise versuchte, ihre Erinnerungen zu sortieren. »Den aus Berlin, auf den du so ... eigenartig reagiert hast?«

Ernst nickte. »Genau der. Darin war sorgfältig aufgelistet, welcher der Patienten für den morgigen Transport vorgesehen ist. Ich habe heute die wenigen Habseligkeit der Menschen gepackt, die morgen abgeholt werden.« Erneut wanderte sein Blick in die Ferne.

Luise verstärkte den Druck ihrer Hand auf seiner. »Du darfst dich nicht so quälen! Du warst es doch nicht, der bestimmt hat, wer verlegt wird und wer nicht.«

»Trotzdem fühle ich mich wie ein Erfüllungsgehilfe des Teufels.«

Sie war sicher, dass es keine Worte gab, die ihn

trösten konnten. »Glaubst du, dass ich aufhöre, dich zu lieben, weil du diese Arbeit tust?«

»Ehrlich gesagt, war es das, was ich am meisten gefürchtet habe.«

»Du tust, was du musst, wie jeder in diesen furchtbaren Zeiten. Dennoch kann ich deine Gewissensbisse verstehen. Es wird langsam dunkel, lass uns heimgehen. Mutter wartet gewiss schon mit dem Abendessen.« Luise erhob sich und griff nach dem Mantel, auf dem sie gelegen hatte, um ihn glatt zu streichen, bevor sie ihn Ernst reichte.

»Lasst es euch schmecken!« Minna Seidenstücker füllte die Teller mit einer Schöpfkelle.

»Es duftet köstlich.« Ernst wedelte den aufsteigenden Dampf in Richtung seiner Nase. »Ich liebe Graupensuppe.«

Mit einem Lächeln nahm Luises Mutter das zur Kenntnis. »Heute konnte ich sogar etwas Rindfleisch hineintun. Zwei Stunden habe ich beim Fleischer angestanden. Ich habe die Fleischmarke eingelöst, die sie mir vorige Woche gegeben haben. Hier ist ein wenig Mostrich. Damit schmeckt die Suppe noch besser.« Sie stellte einen Bottich mit feinem Senf vor ihn hin.

»Wollen sie mich nicht endlich duzen? Schließlich werde ich in drei Wochen ihre Tochter heiraten.«

Ernst sah sie eindringlich an.

»Sicher. Ich werde mich schon daran gewöhnen. Es ging nur alles so schrecklich schnell.« Unsicher tastete sie nach ihrem Haarknoten, um vermeintliche Strähnchen, die sich daraus hätten gelöst haben können, wieder hineinzuschieben.

»Mama, hat Vati denn schon auf meinen Brief geantwortet?« Luises erwartungsvoller Blick wurde jedoch durch das Kopfschütteln ihrer Mutter enttäuscht.

»Lass mal Kind, ich bin mir sicher, dass er nichts dagegen hätte, dass du so einen netten und fleißigen jungen Mann heiratest. Wahrscheinlich ist dein Brief irgendwo auf dem Weg zur Front verloren gegangen.«

»Vielleicht schreibe ich ihm einfach noch einen. Ich wünsche mir so sehr, dass Papa an meinem Glück teilhaben kann, auch, wenn er nicht hier ist.« Gedankenverloren löffelte Luise ihre Suppe, als sie erneut Zeugin davon wurde, wie ihre Mutter ihre Neugier befriedigte.

»Sagt mal, seid ihr eigentlich auf dem Amt gewesen?«

»Letzte Woche. Die Dame im Rathaus war sehr zuvorkommend. Sie wird den Antrag bearbeiten, sobald sie unsere Deutschblütigkeit geprüft hat. Mein Ehetauglichkeitszeugnis vom Gesundheitsamt habe ich schon eingereicht.« Stirnrunzelnd sah Ernst zu seiner zukünftigen Schwiegermutter. »Es ist heutzutage nicht so einfach, eine Heiratsgenehmigung zu erhalten.«

Sie nickte. »Das glaube ich gern. Nun, bei Luise wird das kaum ein Problem sein. Ihre Vorfahren sind seit mindestens acht Generationen alle hier in Mühlhausen geboren und deutschstämmig. Auch Erbkrankheiten sind in unserer Familie nie aufgetreten.«

»Auch meine Ahnen sind arischen Blutes und körperlich sowie geistig gesund. Deswegen glaube ich, dass die Standesbeamtin keine Schwierigkeiten haben wird, uns den Antrag zu genehmigen.« Der Löffel klapperte auf dem Porzellan, als Ernst versuchte, selbst die letzten Graupen vom Teller zu schöpfen.

Als Minna Seidenstücker das sah, bot sie ihm noch eine Kelle voll Suppe an.

Kopfschüttelnd lehnte der Verlobte ihrer Tochter jedoch ab. »Es ist spät geworden. Morgen wird auf Arbeit ein anstrengender Tag.« Mit einem vielsagenden Seitenblick zu Luise erhob er sich. »Ich wünsche den Damen noch einen schönen Abend.«

»Warte einen Moment! Ich bringe dich zur Tür.« Luise sprang auf.

Verständnisvoll sah Frau Seidenstücker die beiden Verliebten an. »Macht nur, ich räume noch schnell den Tisch ab.« Lächelnd, aber auch ein wenig wehmütig, schickte sie sich an, die Teller aufeinanderzustapeln. In den letzten Wochen dachte sie, das Bild der unübersehbar ineinander vernarrten Kinder vor Augen, ständig daran, wie sie und ihr Mann sich kennengelernt hatten. In diesen Momenten fehlte ihr Friedrich so sehr, dass es sie beinahe körperlich schmerzte. Jeden Tag lief Minna zum Briefkasten, in der Hoffnung, endlich Nachricht von ihm zu erhalten. Die Enttäuschung war groß, wenn sie abermals ohne Post mit leeren Händen ins Haus zurückkehrte.

Minna setze einen Flötenkessel auf den Herd, um heißes Wasser für den Abwasch zu kochen. Dann schaltete sie, wie jeden Abend, das Radio ein. Nach kurzem Rauschen ertönte die liebliche Stimme von Marika Rökk »So schön wie heut`, so müsst` es bleiben ...«, einem ihrer Lieblingsschlager. Mit jedem Takt der Musik besserte sich Minnas Stimmung. Während sie sich die Schürze umband, summte sie die Melodie vor sich hin. Sie zog das schwere Gestell mit den beiden großen Emailleschüsseln unter dem Tisch hervor und stapelte das schmutzige Geschirr in der einen, bevor sie das heiße Wasser aus dem Kessel darübergoss. Nach und nach verschwanden die sehnsuchtsvollen Gedanken. In ihrem Kopf war nur noch die Musik, sodass sie erschrak, als Luise in die Küche kam, nach dem Geschirrtuch griff und sich ans Abtrocknen machte. Die Suppenkelle glitt ihr aus der Hand und versank spritzend in dem heißen Aufwaschwasser. »Meine Güte, du hast mich erschreckt!«

»Kein Wunder, die Musik ist so laut, dass du wahrscheinlich nicht einmal einen Elefanten durchs Haus hättest trampeln hören können.« Die junge Frau betrachtete ihre Mutter von der Seite.

Sie sah müde aus. »Soll ich den Abwasch fertig machen und du ruhst dich ein wenig aus?«

»Ach was, zu zweit geht es schneller. Was hältst du davon, noch einen Tee zu trinken, wenn wir nachher die Abendnachrichten hören?«

»Gute Idee!« Während Willi Forst im Äther von der Liebe sang, rieb Luise einen Löffel trocken. Es war schön, wieder einmal einen unbeschwerten Abend zu genießen. Die Musik im Radio trug das ihre dazu bei. In letzter Zeit wurden kaum noch Lieder gespielt, vielmehr wurden immer häufiger Ansprachen des Führers und seiner Generäle verlesen und die Bevölkerung über die Erfolge der Wehrmacht informiert. Auf dem Leipziger Reichssender war fast ausschließlich das zentrale Reichsprogramm zu hören.

Klappernd verschwand auch der letzte Löffel im Besteckkasten, als Minna die Schüssel mit dem Abwaschwasser nach draußen trug, um sie im Hinterhof in den Abguss zu schütten.

Luise platzierte erneut den Pfeifkessel auf dem Herd und schüttete getrocknete Blätter ihrer Lieblingsteemischung in ein Teesieb, während sie auf die Rückkehr ihrer Mutter wartete. Sie wunderte sich, wofür sie so lange brauchte. Wahrscheinlich hatte sie die Gelegenheit genutzt und war noch kurz auf der Toilette verschwunden.

Wenig später, als Luise gerade dabei war, die Teetassen auf den Tisch zu stellen, raschelte es an der Tür. Als sie sich umdrehte, sah die junge Frau, dass ihre Mutter Schwierigkeiten hatten, die Tür hinter sich zu schließen, weil sie in der einen Hand die große Emailleschüssel und in der anderen einen riesigen Kleidersack trug. Sie eilte Minna entgegen, um ihr die Schüssel abzunehmen. »Was hast du denn damit vor?« Fragend zeigte Luise auf die raschelnde Hülle.

»Ich dachte, wir ändern mein Hochzeitskleid für dich ab.«

Vor lauter Aufregung brachte Luise kein Wort hervor.

»Oder wolltest du dir Eines nähen lassen? Ich dachte, die Zeit wäre zu knapp dafür.«

Die junge Frau schüttelte den Kopf und schluckte ihre Tränen herunter, bevor sie antwortete. »Dein Kleid ist wunderschön. Ich würde es wirklich gern zur Hochzeit tragen.«

»Na dann ist doch alles gut.« Minna hängte den Bügel, der Hochzeitskleid und Umhüllung trug, von innen an die Küchentür. »Wir trinken jetzt unseren Tee und hören die Abendnachrichten, und danach stecken wir das Kleid für dich ab. Ich werde noch etwas Spitze kaufen müssen, die wir im Mieder einsetzen können. Du bist um die Brust herum ein wenig fülliger, als ich es in deinem Alter war.« Sie schmunzelte bei den Worten, die ihrer Tochter die Röte ins Gesicht trieben. »Nun mal nicht so schüchtern, mein Schatz. Wenn du erst verheiratet bist, ist der Umfang deiner Oberweite noch das Harmloseste, worüber du dir Gedanken machen musst.«

Bei den Worten ihrer Mutter verschluckte Luise sich dermaßen an dem Tee, dass die einen Hustenanfall bekam, der ihr Tränen in die Augen trieb. Als sie wieder Luft holen konnte, schüttelte sie ihren Kopf und bedachte Minna mit einem tadelnden Blick. »Also Mutter!« Insgeheim wusst Luise, dass die Frau, der sie ihr Leben verdankte, Recht hatte. Im Unterricht wurde von der Pflicht der Frau gesprochen, gemeinsam mit ihrem Mann reinblütigen Nachwuchs zu zeugen und so die Rasse und die Volksgesundheit der Deutschen zu stärken. Über die Details hatte die Lehrerin freilich nicht so viel erzählt, aber in den Pausen wussten einige ihrer Klassenkameradinnen zu berichten, wie es war, einen jungen Mann zu küssen. Oft hatte sie sich gefragt, welche Dinge wohl nötig wären, ein Kind auf den Weg zu bringen. Ihr war jedoch nie der Gedanke gekommen, zu diesem Thema ihre Mutter zu befragen.

Minna drehte die Lautstärke des Transistorradios nach oben. Der Nachrichtensprecher war gerade dabei, von der Invasion der deutschen Truppen in Griechenland und im Königreich Jugoslawien zu berichten. Vor zwei Tagen hatte mit dem Luftangriff auf Belgrad der Balkanfeldzug begonnen. Während die Stimme im Radio von den siegreichen deutschen Truppenverbänden sprach, die von ihren italienischen und ungarischen Alliierten bei den Gefechten unterstützt wurden, entglitten Minnas Gesichtszüge. »Ob es deinem Vater wohl gut geht?« Mit zitternden Fingern griff sie nach der Teetasse. »Wenn doch nur endlich ein Brief eintreffen würde.«

»Es ist ihm bestimmt nichts passiert. Wahrscheinlich braucht die Feldpost nur ein wenig länger, um die Kampflinien zu umgehen.«

»Ich hoffe, du hast Recht, mein Schatz.«

Für eine Weile schwiegen die beiden Frauen. Jede hing ihren eigenen Gedanken nach, als die Nachrichtenübertragung beendet war und Ilse Werner von Küssen im Mondenschein sang.

Seufzend erhob sich Minna. Sie zog den Stuhl, auf dem sie eben noch gesessen hatte, in die Mitte der Küche. »Zieh das Kleid an und stell dich hier drauf!« Sie half ihrer Tochter, das Hochzeitskleid aus der Umhüllung zu schälen, und schloss das Mieder am Rücken, nachdem Luise es angezogen hatte. »Ich kann mich gar nicht erinnern, dass mein Brautkleid so viele Knöpfe hatte. Die oberen muss ich auflassen. Es ist so, wie ich es mir schon gedacht habe. Es ist obenrum zu eng.« Minna trat einen Schritt zurück und betrachtete ihre Tochter nicht ohne Stolz. »Du siehst wunderschön aus! Dreh dich mal!«

Luise tat, wie ihr geheißen. Ihr Blick glitt an dem elfenbeinfarbenen engen Spitzenmieder herunter, das ihre schmale Hüfte betonte. Ein Traum aus Tüll, der von einer Lage aus feinster Spitze bedeckt wurde, umspielte in verschwenderischen Bahnen ihre Beine.

»Ich wünschte, dein Vater könnte dich jetzt so sehen.« Tränen liefen Minna die Wangen herunter.

»Er wäre so stolz auf dich.«

Nun weinte auch Luise. Sie stieg vom Stuhl, um ihre Mutter zu umarmen. »Meinst du?«

Unfähig, ein weiteres Wort hervorzubringen, nickte Minna nur.

»Glaubst du, er würde Ernst mögen?«

Die ältere der beiden Frauen tupfte mit dem Saum ihrer Schürze, die sie noch immer nicht abgelegt hatte, ihre Augen trocken. »Dessen bin ich mir sicher. Na komm, kletter wieder auf den Stuhl, dass ich das Kleid noch abstecken kann.« Sie griff nach einem Bündel Nadeln und klemmte es sich bis auf eine, die sie in der Hand behielt, zwischen die Lippen. Dann machte sie sich eifrig ans Werk. Mit geschickten Fingern schob sie eine Stecknadel nach der anderen in den Stoff und summte zu den Klängen aus dem Radio.

Kapitel 3 - Mühlhausen, 25. Mai 1941

Luise saß auf dem Bett, eingehüllt in eine Wolke aus Tüll und Spitze. Nun war es also soweit. Der Pfarrer hatte ihnen am Mittag nach dem Gottesdienst in der Petrikirche den Segen der evangelischen Kirche erteilt. Nun waren Luise und Ernst Schramm auch vor Gott Mann und Weib.

Vorgestern, am Freitag, dem Tag nach Christi Himmelfahrt, hatten sie bereits im Rathaus in Anwesenheit einer Standesbeamtin, ihrer Mutter und der Oma von Ernst den Bund der Ehe geschlossen. Für die beiden war dieser Akt staatlichen Rechts jedoch nur eine Formalität. Erst am heutigen Tag, mit ihrer kirchlichen Hochzeit, fühlte sich Luise wirklich verheiratet.

An diesem wundervollen Frühsommertag schien die Welt vollkommen in Ordnung. Einzig die Abwesenheit Friedrich Seidenstückers, Luises Vaters, erinnerte die junge Frau und ihre Mutter daran, dass Deutschland sich eigentlich im Krieg befand. Noch immer war kein Brief von ihm eingetroffen, sodass die beiden das Schlimmste befürchteten. Aber solange sie gar keine Nachricht erhielten, konnten sie zumindest hoffen.

Die Braut schob die düsteren Gedanken beiseite. Schließlich sollte heute doch der glücklichste Tag ihres bisherigen Daseins sein.

Die Trauungszeremonie war schlicht und sehr ergreifend gewesen. Die beiden wichtigsten

Menschen im Leben der Brautleute hatten sich damit abgewechselt, in ihre Taschentücher zu schniefen. Oma Schramm weinte auch noch, als sie die Hochzeitstorte im Haus der Seidenstückers anschnitten, und abermals, als sie sich nach dem Abendessen verabschiedete. Elsbeth und Gustav nahmen es auf sich, die alte Dame nach Hause zu bringen, während Luise und Ernst sich nach oben in das Schlafzimmer der Braut zurückzogen.

Das frischvermählte Ehepaar war zu dem Entschluss gekommen, bis zur Rückkehr von Friedrich Seidenstücker im Haus in der Schaffentorstraße zu wohnen. Luise hatte es einfach nicht übers Herz gebracht, ihre Mutter hier allein zu lassen. Beiden Frauen fiel ein Stein vom Herzen, als Ernst so reibungslos eingewilligt hatte. Nun war er im Badezimmer und putzte sich die Zähne, was der Braut irgendwie unwirklich vorkam.

Seit März hatten sich die Ereignisse in schwindelerregender Art und Weise überschlagen. Niemals im Traum wäre Luise eingefallen, dass sie kaum zwei Monate nach dem unerwarteten Antrag tatsächlich verheiratet sein würde.

Sie sah sich in dem Zimmer um, in dem sie aufgewachsen und das ihr so vertraut war. In der Ecke stand ein riesiger Überseekoffer, in dem Ernst das Nötigste zum Anziehen mitgebracht hatte. Auf einem Beistelltischchen neben dem großen Eichenholzschrank hatte er sein Grammophon aufgestellt, dessen silberner Trichter in den Raum ragte. Eine Auswahl an Schallplatten lag daneben und wartete darauf, abgespielt zu werden. Sie war sich sicher, dass unter ihnen wenigstens eine Grammophonplatte mit Liedern von Enrico Caruso, dem Lieblingssänger von Ernst, zu finden sein würde. Als sie darüber nachdachte, die Sammlung durchzusehen, öffnete sich die Tür und der Bräutigam schlüpfte herein.

Mit einem entwaffnenden Lächeln und glänzenden Augen ging er vor Luise auf die Knie. »Weißt du eigentlich, wie wunderschön du bist? Ich bin der glücklichste Mann auf der ganzen Welt!«

Die Braut beugte sich zu ihm hinunter und küsste ihn zärtlich. »Ich kann mein Glück auch noch gar nicht fassen.« Etwas ängstlich blickte sie zu ihm herab.

Ernst bemerkte das. Er griff nach ihren Händen. »Meine Güte, deine Finger sind ja eiskalt!«

Verlegen versuchte Luise, ihrem Mann die Hände zu entziehen. »Es ist nur ...« Eine flammende Röte stieg ihr am Hals auf und brannte kurz darauf in ihrem Gesicht.

»Aber du brauchst doch keine Angst vor mir zu haben. Ich würde dir nie im Leben weh tun. Das habe ich auch zu deiner Mutter gesagt.«

Entsetzt riss die junge Braut die Augen auf. »Wie bitte, meiner Mutter ...?«

Ernst stand auf und setzte sich neben Luise auf das Bett. »Heute Morgen vor der Trauung hat sie mich aufgesucht und mir unmissverständlich klar gemacht, dass sie mich umbringt, wenn ich dir weh tue und das Herz breche.«

»Sie hat was ...?«

Lachend legte er den Arm um seine Angetraute. »Sie meinte, sie würde mir die Eingeweide herausreißen und den Nachbarshunden zum Frühstück verfüttern, sollte ich dich nicht respektvoll behandeln.«

Kopfschüttelnd starrte Luise ihren Mann an. Sie konnte nicht glauben, was er soeben erzählt hatte.

»Mach dir keine Gedanken. Ich habe deiner Mutter versichert, dass ich dich auf Händen tragen und dir jeden Wunsch von den Augen ablesen werde.«

»Aber wie kommt sie denn dazu, dir so etwas ...?«

Lächelnd stupste er mit dem Finger auf ihre Nase. »Ich denke, dass aus ihr Mutter und Vater gesprochen haben. Wahrscheinlich glaubt sie, es sei ihre Pflicht, ihren Mann würdig zu vertreten.«

Eine Weile saßen sie schweigend nebeneinander.

»Vielleicht sollte ich etwas Musik auflegen. Was hältst du von Verdis Rigoletto? Ich besitze eine Aufnahme von Enrico Caruso aus dem Jahr 1907.«

»Wie du meinst. Ich überlasse dir die Auswahl.«

Schmunzelnd beobachte Luise ihn dabei, wie er die Platte vorsichtig aus der Hülle nahm und sie auf den Teller des Grammphons auflegte. Nach kurzem Knistern erfüllte die traumhafte Stimme eines der begnadetsten Tenöre aller Zeiten das Zimmer.

Der Bräutigam zündete eine Kerze an, schaltete das Licht der Deckenlampe aus und kam mit erwartungsvollem Blick auf sie zu.

»Kannst du mir bei den Knöpfen am Kleid helfen?«
Luise versuchte das Zittern in ihrer Stimme zu
unterdrücken. Sie räusperte sich. »Ich komme nicht
dran.«

Ernst kniete sich hinter sie auf das Bett und öffnete
in quälender Langsamkeit den obersten Knopf.
Bevor er mit dem nächsten fortfuhr, hauchte er
einen Kuss auf die unter der Knopfleiste sichtbar
gewordene Haut. Dies wiederholte er nach jedem
einzelnen Knopf. Als er fertig war, lief er um das
Bett herum und stellte sich auffordernd vor Luise.
»Jetzt du!«

Mutiger, als sie sich fühlte, erhob sie sich, streifte
ihrem Liebsten das Jackett von den Schultern und
ließ es achtlos auf den Boden fallen. Dabei spürte
sie seinen brennenden Blick auf sich gerichtet. Das
Gleiche tat sie mit der Fliege, die er bereits geöffnet
hatte. Ihr Mund wurde trocken, als sie sich Stück
für Stück weiter vortastete. Mit erstaunlich ruhiger
Hand öffnete sie den Knopf am Kragen des nach
Wäschestärke duftenden Hemdes und glitt mit den
Fingern über die warme Haut, die darunter zum
Vorschein kam. Als sie das Aufstöhnen vernahm,
das sich aus seiner Kehle entrang, wurden ihre
Berührungen forscher.

Luise hatte bereits den untersten Knopf geöffnet,
als Ernst sie in die Arme zog und leidenschaftlich
küsste, zunächst auf den Mund, dann glitt er an
ihrem Hals entlang, hinab zu ihren Schultern. Er
befreite ihre Brüste von dem überflüssigen Stoff
des Kleides und trat einen Schritt zurück.

Bewundernd beobachtete er Luise dabei, wie sie sich aus der Wolke aus Tüll und Spitze schälte. Seine Sinne waren wie berauscht, als sie zu ihm aufsah und mit einem Lächeln bedachte, das sein Herz heftig schlagen ließ.

Er schlüpfte aus der Hose, griff nach Luises Hand und zog sie mit sich auf das Bett. Dort küsste er sie mit einer Leidenschaft, die ihm und ihr den Atem raubte. Ernst beugte sich zurück und betrachtete seine Frau im Schein des Kerzenlichtes. Er griff nach einer ihrer roten Locken, zog sie in die Länge und ließ sie los, sodass sie sich wieder kringelte. »Dein Haar sieht im Kerzenschein so aus, als würde es brennen.« Anerkennend fuhr er mit seinem Blick über die Lockenpracht, entlang an ihrem wohlgeformten Körper. Ihr praller Busen mit den keck nach oben ragenden Brustwarzen hob und senkte sich verführerisch mit jedem Atemzug. Er strich mit den Fingerspitzen über die Kurven und spürte, wie sich darunter eine Gänsehaut bildete. »Du bist so wunderschön, ein wahr gewordener Traum!«

Die Augen geschlossen, meinte Luise, das Lächeln in seinen Worten zu hören. Sie versuchte, sich ganz auf die zärtlichen Berührungen zu konzentrieren, was ihr jedoch wegen der Vielzahl unterschiedlicher Emotionen, die in ihr tobten, sehr schwerfiel. Unter die berauschenden Gefühle des Glücks und des Begehrens mischte sich auch ein wenig Angst vor dem Unbekannten. Von ihrer Mutter hatte sie in der Zwischenzeit erfahren, was sie in der Hochzeitsnacht zu erwarten hätte und konnte sich nicht vorstellen, dass deren Beschreibungen untertrieben. Schließlich wirkten die verheirateten Menschen um sie herum nicht unglücklich und bekamen in den meisten Fällen sogar mehr als ein Kind. Deshalb sollte der Akt an sich doch kaum so furchtbar sein, dass man ihn nicht über sich ergehen lassen konnte. Wie dem auch sei, sie war fest entschlossen, die Schmerzen, die ihre Mutter ihr vorausgesagt hatte, zu ertragen und alles zu tun, was Ernst glücklich machte. Und wenn es das war, was er wollte und brauchte, dann sollte er es auch bekommen.

Als seine Finger unter dem Rand ihres Schlüpfers hindurch zu ihrem Venushügel wanderten, erstarrte sie für einen Augenblick. Dies schien er zu spüren, denn er hielt in der Bewegung inne.

»Hab keine Angst, mein Liebling. Ich werde vorsichtig sein«, hauchte er ihr ins Ohr.

Tausend kleine Tode sterben, ja - genauso lauteten die Worte ihrer Mutter und hätten trefflicher nicht sein können. Luise lag in ihrem Bett auf der Seite und betrachtete Ernst, der friedlich neben ihr schlummerte. *Was für ein gutaussehender Mann*, dachte sie zum wiederholten Mal. Ihr Blick glitt an seinem Haaransatz entlang, über die Stirn zu den Augen. Was für lange Wimpern er doch hatte. An der Wurzel waren sie Dunkel und wurden zur Spitze hin immer heller, fast weiß. Dass ihr das jetzt erst auffiel. Beim Betrachten seiner vollen Lippen wurde es Luise ganz heiß. Was er damit alles angestellt hatte ...

Bilder blitzen vor ihrem geistigen Auge auf und verursachten ein angenehmes Kribbeln im Bauch der jungen Frau. Je mehr sie über die vergangene Nacht nachdachte, umso unruhiger wurde Luise. Vielleicht sollte sie besser aufstehen und Frühstück machen. Sie hatten nur den heutigen Tag zur freien Verfügung, ab morgen wurden sie wieder auf Arbeit erwartet. Deshalb wollte sie jede Minute auskosten.

Vorsichtig, darauf bedacht, Ernst nicht zu wecken, aber auch unerwartet schwerfällig schälte sie sich aus dem Bett und griff nach dem Morgenmantel auf dem Nachtschränkchen. Ihr Körper fühlte sich an, als wäre sie von einem Zug überrollt worden. Auf Zehenspitzen schlich Luise aus dem Zimmer und zog die Tür leise hinter sich zu.

Auf dem Weg nach unten lief sie ihrer Mutter über den Weg. Deren Blick auszuweichen, um peinlichen Gesprächen am Morgen zu entgehen, misslang jedoch.

Minna stellte sich direkt an den Treppenabsatz und wartete darauf, dass ihre Tochter herunterkam.

Das Aufeinandertreffen war also unausweichlich. Meine Güte, warum war sie nur so peinlich berührt? Schließlich war das der Lauf der Dinge, schon seit Adams und Evas Zeiten. Auf der letzten

Stufe angelangt, blieb Luise vor ihrer Mutter stehen und wurde sogleich von ihr in eine nicht enden wollende Umarmung gezogen. Nach einem Kuss auf ihren Scheitel hatte die junge Frau es überstanden. Keine peinlichen Fragen? Kein unangenehmes Verhör? Verblüfft sah Luise ihrer Mutter hinterher, als sie wortlos in die Küche lief.

Sie folgte ihr. Gemeinsam deckten sie den Tisch.

»Ich gehe in den Hühnerstall und sehe mal nach, ob das Federvieh es gut mit uns meint.« Minna wollte gerade die Türklinke herunterdrücken, als die Tür schwungvoll geöffnet wurde und Ernst vor ihr stand. »Wen haben wir denn hier? Guten Morgen!«

Ernst trat lächelnd zur Seite, um seine Schwiegermutter vorbei zu lassen. »Gleichfalls guten Morgen!« Als er Luise erblickte, strahlte er förmlich. »Hallo, meine Schöne.«

»Setz dich! Wir sind gleich fertig mit den Vorbereitungen. Mutter sieht nach, ob die Hühner uns ein paar Eier zum Frühstück gelegt haben.«

Die Stuhlbeine scharrten auf den Holzdielen, als Ernst die Lehne zu sich heranzog. »Was wollen wir heute unternehmen? Worauf hast du Lust?«

Luise platzierte die Messer neben die Frühstücksbrettchen. »Was hältst du davon, wenn wir Spazieren gehen und dann irgendwo zum Kaffee einkehren?«

»Gute Idee, wir könnten mit der Straßenbahn an den Schwanenteich fahren.«

Freudestrahlend trat Luise auf ihn zu und küsste

ihn zärtlich auf den Mund. »Einverstanden. Wie wäre es mit einem Picknick und wir gehen dann zum Abendessen in eine Gaststätte?«

»Das ist ja noch besser! Vielleicht könnte deine Mutter dort zu uns stoßen und wir Drei essen gemeinsam zu Abend. Nach den ganzen Vorbereitungen für unsere Hochzeitsfeier wird sie sicherlich froh sein, einmal nicht kochen zu müssen.« Nachdenklich rieb sich Ernst die Stirn. »Am besten, wir fragen sie. Vielleicht weiß sie auch, welche Gastwirtschaft geöffnet hat. Einige sollen ja wegen der Lebensmittelknappheit geschlossen haben.«

Von draußen waren Schritte zu hören. Kurz darauf wurde die Küchentür aufgerissen und Minna balancierte im umgeschlagenen Saum ihrer Schürze mindestens ein Dutzend Eier. Vorsichtig sortierte sie jedes einzeln in eine Schüssel. »Die Hennen meinen es gut mit uns. So fleißig waren sie schon lange nicht mehr beim Eierlegen. Was haltet ihr von Rührei zum Frühstück?« An Ernst gerichtet fuhr sie fort. »Mit Speck und Schnittlauch?«

Bei dem Gedanken an das reichhaltige Essen lief ihm das Wasser im Mund zusammen. »Genauso mag ich meine Eier am liebsten. Kann ich helfen?«

Minna warf einen abschätzenden Blick auf ihn und dann auf ihre Tochter, die noch immer nur einen Morgenrock trug, bevor sie ihrem Schwiegersohn antwortete. »Ich schlage vor, dass du im Garten den Schnittlauch holst, ich gehe in den Keller und schneide eine Scheibe Speck von der Schwarte, die dort hängt, und Luise könnte ja schon einmal die Eier aufschlagen.«

Geschäftig machte sich jeder ans Werk. Keine Viertelstunde später saßen sie gemeinsam am Esstisch und ließen sich das Frühstück schmecken. Das frischvermählte Paar erzählte Minna von seinen Plänen. Auf die Frage, wo sie zu Abend essen sollten, überlegte sie kurz. »Nun, wir könnten zum Tannhäuser an der Burg gehen oder in den Reichsadler am Bastmarkt. In die Berghalle am Petristeinweg traue ich mich nicht mehr, seit sich dort die Kommunisten tummeln. Ansonsten fallen mit noch das Gasthaus am Blobach oder Eisenhardts Lokal gegenüber ein. Wenn das Wetter sich hält, hätten wir da die Möglichkeit, uns in den Biergarten zu setzen und wir sind nicht so weit weg von zuhause, falls ein Fliegeralarm uns wieder in die Keller treibt. Was meint ihr?«

Erstaunt sah Ernst seine Schwiegermutter an. Genau wie ihre Tochter hatte sie die Angewohnheit, beim Nachdenken den Kopf ein wenig schräg zu halten, so, als könne sie dadurch ihre Gedanken besser in die richtigen Bahnen lenken. Auch bei Luise hatte er das schon mehrfach beobachtet. Es war verblüffend, wie sehr sich die beiden Frauen doch ähnelten.

Von Minna aus seinen Überlegungen gerissen, besann er sich auf die Frage. »Mir ist alles recht. Luise, was denkst du?«

»Ich habe als Kind zur Kirmes schon in Eisenhardts Saal und auch im Garten getanzt. Vater hat dort mit einigen Nachbarn musiziert. Er verstand es wie kein anderer, eine Geige zum Leben zu erwecken. Wenn es spät war und ich nach Hause gehen musste, habe ich in meinem Zimmer das Dachfenster geöffnet und den Klängen seiner Fidel gelauscht.«

»Dann werden wir also bei Eisenhardts zu Abend essen.« Am Lächeln im Gesicht Luises erkannte Ernst, dass er die richtige Entscheidung getroffen hatte. »Komm, lass uns den Tag genießen. Morgen geht es wieder anders herum, wenn die Arbeit ruft.«

»Da hast du leider recht. Ich ziehe mich schnell an. Du kannst ja schon einmal überlegen, was ich alles in den Picknickkorb packen soll. Bin gleich zurück.« Eilig hastete die junge Frau hinauf in ihr Zimmer.

Kapitel 4 - Pfafferode, 2. Juni 1941

Die Tür wurde aufgerissen. »Frau Schramm, würden sie bitte in mein Büro kommen?«
Luise schaute dem ärztlichen Direktor nach, als er, ohne auf eine Antwort zu warten, die Schreibstube wieder verließ. Sie konnte sich nicht erinnern, ihn jemals hier gesehen zu haben. Auch Elsbeth schien nicht die geringste Ahnung zu haben, warum Doktor Schroth ihre Freundin zu sich gebeten hatte, denn sie wirkte ebenso überrascht wie sie selbst.
Zögerlich folgte sie dem Klinikdirektor. Was konnte er nur von ihr wollen? Fieberhaft überlegte sie, ob sie irgendetwas falsch gemacht hatte. Ob es daran lag, dass sie seit kurzem verheiratet war? In den meisten Betrieben wurde das nicht geduldet, denn die Frauen sollten einen ordentlichen Haushalt führen, viele Kinder gebären und großziehen. Andererseits wurden immer mehr wehrfähige Männer eingezogen, sodass die Arbeitsstellen durch weibliche Arbeitskräfte nachbesetzt werden mussten.
Vorsichtig klopfte sie an die Tür. Als von drinnen ein »herein« zu hören war, atmete Luise noch einmal tief durch, bevor sie die Klinke herunterdrückte und der Einladung Folge leistete.
Der Anstaltsdirektor saß hinter seinem mit Akten und diversen Büchern überladenen Schreibtisch. An der Wand über ihm hing ein überdimensional

großes Gemälde Adolf Hitlers.

Doktor Schroth, der als Nachfolger von Doktor Kolb erst seit einigen Monaten dieses Amt bekleidete, schaute sie durch eine Nickelbrille griesgrämig an. »Nun, Frau Schramm, sie fragen sich sicher, warum ich sie hierher gebeten habe. Ich will nicht um den heißen Brei herumreden, sondern gleich zur Sache kommen. Frau Hauff, meine Sekretärin, kümmert sich seit Neuestem um ihre kranke Mutter. Sie hat ihre Anstellung hier gekündigt und ist ins Mecklenburgische gezogen, jedoch nicht, ohne vorher eine Empfehlung für ihre Nachbesetzung abzugeben. Sie hat in den höchsten Tönen von ihrem gewissenhaften Arbeiten gesprochen, weshalb ich der Führsprache durch Frau Hauff nachkommen und sie zu meiner Sekretärin befördern möchte.«

Bevor Luise etwas antworten konnte, fuhr er fort. »Die Tätigkeit wird einiges von ihnen abverlangen. Sie werden des Öfteren länger arbeiten müssen, da ich meist in den Abendstunden Gäste zu empfangen pflege. Mit der Stelle ist auch eine Gehaltserhöhung von fünf Pfennig pro Stunde verbunden. Sie haben Zeit bis morgen, sich die Sache zu überlegen. Heil Hitler!« Der Mann sah wieder auf den Stapel Papiere, der vor ihm auf dem Schreibtisch lag, und kritzelte auf einem Bogen herum.

Das hieß wohl, dass Luise aus dem Gespräch entlassen war. »Vielen Dank für das Angebot, Herr Doktor Schroth!« Als der Mann nicht aufsah, murmelte die junge Frau noch ein »Heil Hitler« und eilte aus dem Büro, um ihn nicht länger zu stören.

Die Gedanken in ihrem Kopf überschlugen sich. Sie würde sich mit Ernst beraten müssen. Gewiss käme das zusätzliche Geld gerade recht, vor allem, weil sie in naher Zukunft eine Familie gründen wollten. Sie wunderte sich auch, dass Frau Hauff ausgerechnet sie empfohlen hatte und nicht eine der Schreibkräfte, die schon länger im Schreibbüro arbeiteten.

Luise konnte den inneren Aufruhr kaum verbergen, als sie an ihren Arbeitsplatz zurückkehrte. Als Sekretärin des ärztlichen Direktors würde sie eine Stellung innehaben, die neben gesellschaftlichem Ansehen auch die Verantwortung für die übrigen Schreibkräfte im Hause bedeutete.

Als sie wieder in die Schreibstube zurückkehrte, spürte Luise Elsbeths Blicke und die der anderen Frauen auf sich ruhen. Gewiss konnte ihre Freundin es kaum erwarten, zu erfahren, weshalb sie von Direktor Schroth in sein Büro gerufen wurde. Der Gedanke an das bevorstehende Gespräch mit ihr bereitete ihr schon einige Sorgen. Schließlich arbeiteten ihre Freundin und die anderen Frauen in der Schreibstube bereits viel länger als sie selbst. Insgeheim fürchtete sich Luise sogar vor deren Reaktion.

Wenig konzentriert machte sie sich daran, den

Brief, den sie vor der Unterbrechung durch den Klinikdirektor getippt hatte, zu Ende zu schreiben.

»Wie bitte? Du?«

Luise sah zu, wie Elsbeths Gesichtszüge entglitten. »Meine Verwunderung war genauso groß wie deine. Ich weiß doch, dass ich als Letzte hier angefangen habe. Frau Hauff war wohl der Meinung, dass ich für die Stelle geeignet bin.« Es war unübersehbar, dass Elsbeth noch immer darum kämpfte, ihre Fassung wieder zu erlangen. Um diese unangenehme Situation zu überspielen, plapperte Luise weiter. »Ich habe mich auch noch gar nicht entschieden. Bevor ich nicht mit Ernst gesprochen habe, werde ich dem Direktor wohl eine Antwort schuldig bleiben. Aber kannst du dich nicht wenigstens ein bisschen für mich freuen?«

»Natürlich.«

Elsbeths Einsilbigkeit und der verkniffene Mund sprachen Bände. *Mist!* Es gab so vieles zu bedenken. Eine Auseinandersetzung mit ihrer Freundin war das Letzte, was Luise jetzt brauchte. »Ich werde noch die Post sortieren, bevor ich nach Hause fahre.«

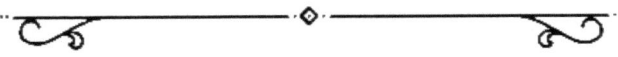

Irgendetwas musste passiert sein. Minna Seidenstücker stand im Hauseingang und wedelte wild mit den Armen. Heiß schoss es Luise in den Magen, als sie ihre Mutter sah. Sie beschleunigte ihre Schritte. Nach der unangenehmen Begegnung mit Elsbeth konnte die junge Frau nicht noch weitere schlechte Nachrichten verkraften. Sie wünschte sich, dass Ernst an ihrer Seite wäre, um sich ihm anzuvertrauen. Er war jedoch zu einem Spätdienst eingeteilt, sodass sie mit ihm erst kurz vor Mitternacht über die Ereignisse des Tages würde reden können.

Luise rang nach Luft als sie vor ihrer Mutter stand. Nicht nur der schnelle Schritt, sondern auch die Angst vor einer schlimmen Botschaft raubten ihr den Atem. Als sie die Blässe im Gesicht ihrer Mutter wahrnahm, rutschte ihr das Herz in die Hose. »Ist etwas mit Vater?«

Minna nickte. »Es ist Post von ihm angekommen. Komm rein!«

Vergessen waren die Ereignisse des Tages. Endlich gab es Nachricht von ihrem geliebten Papa. »Geht es ihm gut? Was schreibt er?«

»Lies selbst!«

Mit zitternden Händen nahm Luise den Brief entgegen. Sie setzte sich auf einen Küchenstuhl, faltete das Papier auseinander und las.

Meine liebste Minna und allerliebste Tochter!

Endlich ist euer Brief, den ich so lang herbeigesehnt habe, bei mir eingetroffen. Ihr schreibt, dass ich auf den letzten Brief nicht geantwortet habe. Wahrscheinlich ist er auf dem Weg zu mir verloren gegangen oder vom Feind abgefangen worden. Das passiert hin und wieder. Meine Truppe und ich waren in den vergangenen Wochen jeden Tag unterwegs. Wir sind kilometerweit marschiert, manchmal vom frühen Morgen bis in die tiefe Nacht hinein. Zwischendurch haben wir auch einige Etappen in Güterwagons zurückgelegt. Fernab von der Heimat warten wir täglich auf Nachrichten von zuhause. Ich darf euch leider nicht schreiben, wohin unsere Einheit berufen wurde, damit der Feind, sollte der Brief in dessen Hände gelangen, keine ausführlichen Informationen erhält. Nur so viel, es ist ein erstaunliches Land, das wir, sollte der Krieg ein rühmliches Ende nehmen, unbedingt besuchen müssen. Der Führer tut gut daran, das Deutsche Reich um diesen wunderschönen Landstrich zu erweitern. Wenn ich das nächste Mal auf Heimaturlaub bin, werde ich euch ausführlich berichten.

Doch nun zu dir, meine liebe Luise. Ich freue mich sehr für dich, dass du einen Mann gefunden hast, der dein Herz im Sturm erobert hat. Ihr tut recht daran, so schnell zu heiraten. In diesen schlimmen Tagen sollte jeder sein Glück beim Schopfe packen und nicht mehr loslassen. Ich wünsche Dir und deinem Mann von ganzem Herzen, dass ihr so *glücklich werdet wie deine Mutter und ich.*

Dein Ernst muss, nach allem, was du schreibst,

ein besonderer Mann sein. Auch bin ich mir sicher, dass

Deine liebe Mutter alles in ihrer Macht stehende getan

hätte, diese Ehe zu verhindern, wenn dem nicht so wäre.

So gebe ich euch meinen Segen und die allerbesten

Wünsche für euer Glück mit auf den Weg.

Vielleicht erwarten mich ja demnächst weitere gute

Nachrichten, die dem Kämpfen für Volk und Vaterland

noch mehr Sinn verleihen.

Nun zu dir, meine liebste Minna. Ich kann dir gar nicht

sagen, wie sehr du mir fehlst. Es gibt keine Nacht, in der

ich nicht von dir träume, von ...

An dieser Stelle hörte Luise mit dem Lesen auf. Der Rest des Briefes ging allein ihre Mutter etwas an. Sie faltete das Papier sorgsam zusammen und reichte es zurück.

Minna drückte es wie einen kostbaren Schatz an ihre Brust und weinte Freudentränen. »Ich bin so froh, dass es ihm gut geht. Er fehlt mir so.«

Luise nahm ihre Mutter in den Arm. »Mir auch.«

»Soll ich uns erstmal einen Kaffee kochen?« Sie wischte sich die Tränen von den Wangen und lief in Richtung der Anrichte. Dort stand ein Holzkästchen, in das sie den Brief zu den anderen, die sie bereits erhalten hatte, hineinlegte.

Luise war sich sicher, dass ihre Mutter diesen,

genau wie jene zuvor, jeden Abend herausnehmen und ihn wieder und wieder lesen würde, solange, bis der Nächste eintraf. »Kaffee klingt gut. Ich habe auch Neuigkeiten!« Die junge Frau ertappte ihre Mutter dabei, wie sie ihren Blick an ihrem Körper zum Unterleib herunterwandern ließ.

»Bist du schwanger?«

»Was? Nein! Ich bin seit einer Woche verheiratet. Kannst du mir vielleicht sagen, wie das gehen soll?«

»Na ja, wie das geht, müsstest du in der Zwischenzeit herausgefunden ...«

»Das meine ich nicht!« Luise spürte, wie eine schamhafte Röte ihre Wangen überzog.

»Ist ja gut, beruhige dich mal! Was gibt es denn also?« Minna reichte ihrer Tochter die Kaffeetassen, bevor sie den Zichorienkaffee in eine Kanne füllte und darauf wartete, dass das Wasser auf dem Herd kochte.

»Mir wurde heute von Doktor Schroth die Stelle als seine Sekretärin angeboten.«

»Doktor Schroth? Ist das nicht der Klinikdirektor?«

»So ist es. Frau Hauff, die vorher die Stelle innehatte, hat mich wohl für den Posten empfohlen.«

Minna strahlte über beide Ohren. »Aber das ist ja wunderbar! Meine Tochter als Chefsekretärin.«

Sofort erschien Luise das verbitterte Gesicht ihrer Freundin vor dem geistigen Auge. »Ja, das wäre es.«

»Wieso wäre?«

»Als ich Elsbeth von dem Angebot des Direktors erzählt habe, war sie ziemlich sauer. Ich denke, sie gönnt mir die Stelle nicht, was ich in gewisser Weise auch verstehen kann. Ich habe als Letzte im Schreibbüro angefangen.«

Während Minna den Kaffee aufbrühte, ließ ihre Tochter sich traurig auf den Stuhl sinken. »Ich dachte, sie wäre meine Freundin.«

»Das beruhigt sich schon wieder. Lass ihr ein wenig Zeit, sich daran zu gewöhnen.« Sie stellte die Kaffeekanne auf den Tisch und legte die Hand auf die ihrer Tochter. »Ich glaube, wir haben heute einiges zu feiern.« Minna erhob sich und lief erneut zur Anrichte. »Der Johannisbeerlikör, den ich im letzten Jahr angesetzt habe, ist jetzt genau das Richtige für uns. Lass uns anstoßen!« Sie stellte zwei Gläser auf den Tisch, entkorkte die Flasche und goss den zähflüssigen Schnaps hinein. Als sie nach ihrem Likörglas griff, traten ihr erneut Tränen in die Augen. »Auf deinen Vater. Möge er gesund zu uns zurückkehren. Und auf dich und die neue Herausforderung, die auf dich wartet!«

Es war schon beinahe Mitternacht, als Ernst die Schlafzimmertür öffnete und leise hereinschlüpfte.

»Du brauchst nicht zu schleichen, ich bin noch munter.« Luise hörte, wie ihr Mann die Luft scharf einsog. Scheinbar hatte er sich erschrocken.

»Wieso schläfst du denn nicht?«

Schuhe gingen klappernd zu Boden, bevor sein Gewicht sich schwer in die Federkernmatratze drückte. Kurz darauf hörte Luise das Rascheln von Kleidung, die Ernst vom Körper streifte.

Es war so dunkel, dass sie nicht einmal die eigene Hand vor den Augen sehen konnte. Die Straßenbeleuchtung war wegen des Krieges ausgeschaltet und sämtliche Haushalte der Stadt waren zum Stromsparen angehalten worden, sodass um diese Uhrzeit praktisch völlige Dunkelheit in Mühlhausen herrschte. Auch die Straßenbahn fuhr nicht in der Nacht. Deswegen musste Ernst den weiten Weg von Pfafferode bis in die Schaffentorstraße laufen.

»Ich habe auf dich gewartet.«

»Hm ... aus einem bestimmten Grund?«

Der lüsterne Unterton in seiner Stimme war nicht zu überhören. »Ich wollte mit dir reden.«

»Nur reden?« Nun war es Enttäuschung, die in seinen Worten mitschwang.

»Ja, es gibt Wichtiges zu besprechen.« Die Federn der Matratze quietschten, als Ernst das Gewicht verlagerte und sich neben sie legte.

Sie konnte seine Körperwärme fühlen, noch bevor er Luise in die Arme zog. Pfefferminzatem drang ihr in die Nase. Er musste die Zähne geputzt haben, ehe er hinauf in ihr Zimmer gekommen war.

Sie spürte warme Lippen an ihrem Hals. Seufzend schloss Luise die Augen und genoss die zärtlichen

Berührungen.

Kapitel 5 - Pfafferode, 29. August 1941

Ein Räuspern ließ Luise hochfahren. Sie hatte so konzentriert die Akten durchforstet, dass sie das Eintreten des Mannes erst bemerkte, als er direkt am Tresen stand.

»Verzeihung! Ich wollte sie nicht erschrecken. Sind sie die Sekretärin des Anstaltsdirektors?«

Luise musterte ihr Gegenüber und fragte sich gleichzeitig, was es wohl hierher geführt hatte. »Ja. Das ist richtig. Ich bin Frau Schramm. Was kann ich für sie tun?«

»Nun, ich möchte eine Verlustanzeige erstatten.«

Jetzt wurde die junge Frau hellhörig. »Um was geht es denn genau?«

»Nach dem Tod meiner Mutter wurden nicht alle ihre Wertgegenstände an mich übersandt. Ich habe diesen Brief hier von ihrer Klinik erhalten.« Er entfaltete das Schreiben und hielt es Luise entgegen.

Rasch überflog sie die Zeilen, in denen der Familie der Verstorbenen mit den üblichen Floskeln deren Tod mitgeteilt wurde. Außerdem fand sie eine Auflistung der Habseligkeiten aus dem Nachlass, angefangen bei der Kleidung, die von der Frau getragen wurde, als sie starb, bis hin zu einem Gedichtband. Verwundert zog Luise eine Augenbraue nach oben, bevor sie wieder aufsah. Die Verstorbene wurde in einer Irrenanstalt behandelt und interessierte sich für Lyrik?

Es dauerte einen kurzen Moment, bis sie ihre Gedanken einigermaßen sortiert hatte. Betrübt musterte sie den Besucher. Der Mittvierziger trug das an den Schläfen grau melierte, seitlich gescheitelte Haar in leichten Wasserwellen nach hinten gekämmt. Ein brauner Anzug, dessen Jacke er trotz der Hitze, die draußen herrschte, geschlossen hielt, vervollständigte sein gepflegtes Äußeres ebenso wie die sorgfältig gebundene weinrote Krawatte. »Mein Beileid, Herr Petzold.«

Luise konnte sehen, wie der Mann um seine Fassung rang.

»Danke.«

»Wären sie so freundlich, mir zu sagen, welche Dinge sie vermissen?«

»Genau genommen handelt es sich nur um einen Gegenstand. Der Ring meiner Mutter ist schon lange im Besitz der Familie. Sie hat ihn seit ihrer Hochzeit nie abgenommen.«

»Verstehe. Wie sah er denn aus?«

»Ein ovaler Granatstein, umrahmt von 8 runden kleineren Steinen. Die Fassung war Gelbgold. Der Ring ist - wie gesagt - ein Familienerbstück, das nach dem Tod meiner Mutter an meine Frau gehen sollte.«

Luise notierte sich die Angaben des Mannes. »Ich werde ihre Anfrage an Direktor Schroth weiterreichen. Er wird sich gewiss persönlich darum kümmern und alles in seiner Macht stehende tun, damit der Ring aufgefunden und ihnen überstellt wird.«

Bevor der Herr sich mit einem kurzen Nicken verabschiedete, brachte Luise noch einmal ihr Bedauern sowohl zum Verlust der Mutter, als auch zu den Unannehmlichkeiten wegen des vermissten Erbstückes zum Ausdruck. Als er hinausging, fiel ihr auf, dass der Mann das Bein nachzog und nur mühsam vorankam. Dennoch hielt er sich aufrecht, umgeben von einer Aura aus Würde und Stolz.

Als die Tür ins Schloss fiel, ertappte sich Luise dabei, dass sie dem Besucher immer noch nachsah, obwohl er doch längst den Raum verlassen hatte. Der Duft von Kölnisch Wasser hing schwer in der Luft und rief bei Luise ein heftiges Gefühl von Übelkeit hervor. Das Frühstück stieg ihr sauer in der Speiseröhre auf, um sich Sekunden später explosionsartig den Weg nach außen zu suchen. Geistesgegenwärtig griff die junge Frau nach dem Papierkorb unter dem Schreibtisch und übergab sich wieder und wieder, bis der gesamte Inhalt ihres Magens entleert war. Ächzend, am ganzen Körper zitternd, mit einem säuerlich-bitteren Geschmack in ihrem Mund kniete Luise auf dem Boden. Jeglicher Kraft beraubt fühlte sie sich, als würde sie aus einer puddingartigen Masse bestehen.

Es war bereits das zweite Mal, dass ihr das passierte. Wenn sie es sich recht überlegte, dann war sie bisher ganz gut davongekommen. Ihre Mutter hatte erzählt, dass sie sich in der ersten Zeit jeden Morgen nach dem Aufstehen übergeben musste, als sie mit Luise schwanger war.

Da die junge Frau noch niemandem außerhalb ihrer Familie davon erzählt hatte, dass sie ein Kind erwartete, versuchte sie, die verbliebenen Kräfte zu mobilisieren und sich zu erheben. Sie würde den Papierkorb entleeren und das Empfangszimmer lüften müssen, damit dieser widerliche Gestank nach Erbrochenen verschwand. Etwas wacklig auf den Beinen schaffte sie es, alle Beweise zu vernichten, bevor irgendjemand von ihrer Unpässlichkeit erfuhr.

Den Rest des Vormittags verbrachte Luise damit, Akten zu sortieren, Briefe zu öffnen und in die Unterschriftenmappe zu legen und die stenographisch aufgenommenen Diktate des Klinikdirektors zu tippen. Auch die Verlustanzeige des Herrn Petzold mit der Beschreibung des Rings fügte sie der Mappe hinzu.

Gegen Mittag steckte Elsbeth ihren blonden Haarschopf durch den Türspalt. »Lust auf Mittagspause?«

Bei dem Gedanken an Essen rebellierte Luises Magen erneut. Dennoch lächelte sie. Es hatte eine Weile gedauert, bis sie und ihre Freundin sich wieder angenähert hatten. Das zarte Band der Freundschaft zwischen ihnen wollte sie nicht zerstören, indem sie Elsbeth ein weiteres Mal brüskierte, wobei sie immer noch der Meinung war, dass sie beim ersten Mal keine Schuld traf.

»Geh ruhig vor! Ich komme gleich.«

»Auf der Bank am Springbrunnen, ich warte

dort!«, rief sie fröhlich. Und schon war sie wieder verschwunden.

Die warmen Strahlen der Spätsommersonne schienen neue Lebensgeister in Luise geweckt zu haben. Sie fühlte sich frisch und ausgeruht. Gut gelaunt und von Vorfreude auf das bevorstehende Wochenende erfüllt, sortierte sie die zuletzt getippte Korrespondenz in die Mappe und klopfte an die Tür des Anstaltsleiters. Nachdem sie hereingebeten wurde, betrat sie das Büro, legte ihm die Unterschriftenmappe auf den Schreibtisch und wartete auf Anweisungen.

»Ist der Brief für Doktor Krüger fertig?«

Luise blätterte in der Mappe und schlug die Seite auf, in die sie das Schreiben für den Obermedizinalrat und Klinikdirektor der Anstalt Altscherbitz einsortiert hatte. »Hier bitte!« Sie beobachtete ihren Chef dabei, wie er das Schriftstück las und überlegte, ob sie ihm von dem Besucher am Vormittag erzählen oder einfach darauf vertrauen sollte, dass er die Notiz in den Unterlagen fand, als er aufsah und sie fragte, ob es sonst noch etwas gab. »Da sie fragen, Herr Direktor. Am Vormittag war der Sohn einer verstorbenen Patientin hier und brachte das Verschwinden ihres Eigentums zur Anzeige. Die Beschreibung des Ringes finden sie in der Mappe.«

Hellhörig geworden sah er auf. »Ein Ring?«

»Ja, Herr Direktor.«

Der Mann schnaubte kurz. »Suchen sie mir die Krankenakte der Frau heraus.«

Lächelnd blätterte Luise erneut in der Mappe und brachte triumphierend die gewünschte Akte zum Vorschein. Sie hatte sich bereits am Vormittag nach ihrer Unpässlichkeit in dem verstaubten Archiv auf die Suche nach den Dokumenten gemacht.

»Schon geschehen.« Es erfüllte sie mit einem gewissen Stolz, dass Doktor Schroth mit seinem sonst verkniffenen Mund die Andeutung eines Lächelns zustande brachte.

Der Mann blätterte in den Unterlagen, bis er auf das gestoßen war, was er scheinbar gesucht hatte. Er nahm das Papier heraus und schloss die Akte wieder.

Auf dem Aktendeckel konnte Luise ein großgeschriebenes »Z«, gefolgt von einer sechsstelligen Nummer erkennen. Sie beobachtete ihren Vorgesetzten dabei, wie er das herausgenommene Dokument vor sich auf den Tisch legte und kurz überlegte, bevor er sie erneut ansprach.

»Frau Schramm, würden sie mir verraten, welcher Partei sie angehören?«

Sie war verwundert über diese Frage, dennoch antwortete sie gehorsam. »Natürlich der Nationalsozialistischen Partei, Herr Direktor, ebenso wie mein Mann und meine Eltern.«

Die Antwort schien den Klinikdirektor zufrieden

zu stellen, denn er forderte sie zum Platznehmen auf. Er überlegte kurz, bevor er fortfuhr. »Haben sie schon einmal von Imbezillität gehört?«

Luise schüttelte den Kopf, während Doktor Schroth ein weises Nette-Onkel-Lächeln aufsetzte.

»Nun, dann lassen sie es mich erklären. Ein imbeziller ...« Er zögerte einen Moment, bevor er das nächste Wort aussprach. »... Mensch ist ein geistig Toter, der mit einer Missbildung des Gehirns geboren wurde. Einige waren auch allem Anschein nach normal auf die Welt gekommen, entwickelten sich aber nicht so, wie es von der Natur vorbestimmt war. Sie gleichen dahinvegetierenden Fleischklumpen, deren einzige Aufgabe darin besteht, zu Essen, zu Trinken, zu Schlafen und ihre Notdurft zu verrichten. Aber auch die tierische Brunst tritt hin und wieder zutage. Nun stellen sie sich einmal vor, diese Idioten würden sich vermehren!«

Luise war erschüttert. »Nicht auszudenken, Herr Direktor.«

Diese Reaktion hatte er anscheinend erwartet. »Genau, Frau Schramm. Der Ansicht, dass dies auf keinen Fall geschehen darf, ist man in wissenschaftlichen Kreisen schon lange. Deswegen haben sich hochkarätige Politiker, Geistliche und Ärzte schon seit Jahren mit dem Thema beschäftigt. Sie sehen die Zunahme der Verblödeten als eine Warnung Gottes. Nicht zuletzt ist man der Meinung, dass auch die Volkslaster, wie zum Beispiel Alkoholismus, sexuelle Verirrungen und neuerdings die Zigarettenseuche dazu führen, dass immer mehr Anormale geboren werden. Dies gilt es im Keim zu ersticken!« Bei den letzten, eindringlichen Worten wurde Doktor Schroth immer lauter. Sein Gesicht nahm eine ungesunde rote Farbe an.

Das konnte Luise aber gut verstehen. Sie fühlte sich von der Aussage des Mannes so mitgerissen, dass es sie kaum auf ihrem Platz hielt. Dies schien der Direktor zu bemerken, denn er quittierte ihre Reaktion mit einem breiten Lächeln.

»Wie ich sehe, teilen sie meine Ansicht.«

Die junge Frau nickte aufgeregt.

»Gut! Sie wissen, dass alles, was in diesen Räumen besprochen wird, strengster Geheimhaltung unterliegt?« Als sie nickte, fuhr er fort. »Ich weiß, dass einige Gerüchte in Mühlhausen kursieren, was das Vorgehen in unserer Klinik betrifft.

»Mir ist noch keines zu Ohren gekommen.«

»Das ist auch nicht von Bedeutung. Wichtig ist, dass wir hier im Auftrag des Führers handeln. Dessen sind sie sich doch gewiss bewusst?«

»Selbstverständlich.« Luise bekam einen trockenen Mund. Es kam ihr so vor, als würde sie einer Prüfung unterzogen.

»Zu den Aufgaben der Klinik und ihrer Mitarbeiter gehört es, all die Missgeburten, erblich Schwachsinnigen und geistig Toten zu selektieren, Menschen, die keinerlei mentalen Rapport mir ihrer Umwelt herstellen können. Ich bezeichne sie gern als Ballastexistenzen. Nun, wie dem auch sei, diese unheilbar Blödsinnigen sind eine Belastung für unsere Gesellschaft. Sie sind von keinerlei Nutzen und kosten Unsummen an Geldern aus dem Nationalvermögen. Das verstehen sie doch?«

Obwohl Luise nicht wusste, worauf der Mann letztlich hinauswollte, nickte sie.

Doktor Schroth öffnete die oberste Schublade seines Schreibtisches und zog eine Schnur heraus, an der ein Schlüsselbund hing. Dann erhob er sich und durchquerte das Zimmer. Vor einem Aktenschrank blieb er stehen, suchte nach dem richtigen Schlüssel und entriegelte damit das Schloss. »Würden sie mir bitte die Nummer auf dem Aktendeckel vorlesen, Frau Schramm?«

Luise drehte die Akte zu sich herum. »Z 050492.«

»In Ordnung, kommen sie zu mir!«

Die Sekretärin folgte der Aufforderung.

»Sehen sie die Aktenreiter? Die Papiere hier sind nach den Nummern auf den Krankenakten sortiert. Das betrifft aber lediglich jene, die mit einem »Z« markiert sind. Sie sollten in der Lage sein, auf Wunsch eine dieser Akten herauszusuchen, um sie mir oder einem der gutachterlich tätigen ärztlichen Kollegen, die ich ihnen noch benennen werde, vorzulegen. Haben sie das soweit verstanden?«

»Natürlich, Herr Direktor!« Die innere Aufgeregtheit, die Luise erfasste, war unbeschreiblich. Geheime Akten und sie hatte Zugang zu ihnen.

»Die Unterlagen unterliegen einer weiteren Sortierung. Im obersten Schubfach finden sie die

Dokumente von verstorbenen Patienten. Im mittleren Schub bewahren wir die Akten lebender, hier untergebrachter unheilbar Kranker auf und im untersten Fach sind die Unterlagen derer einsortiert, deren Gesundheitszustand derzeit noch von Gutachtern der Zentralstelle geprüft werden müssen. Außerdem gibt es diesen Schrank, der den jüdischen Gesellschaftsschädlingen vorbehalten ist.«

Luise folgte dem Blick des Anstaltsleiters, während er ihr erklärte, welcher Schlüssel für welches Fach vorgesehen ist.

»Das wäre im Großen und Ganzen alles. Haben sie hierzu noch irgendwelchen Klärungsbedarf?«

Die junge Frau, die sämtliche Informationen in ihrem Hirn sortieren musste, schüttelte zunächst den Kopf, hielt jedoch schlagartig inne, als ihr doch eine Frage in den Sinn kam. »Die Namen der Gutachter, Herr Direktor. Sie wollten ...«

»Ja, ja, ja ... Lassen sie mich nur ...« Er hielt auf den riesigen Schreibtisch zu, griff nach Papier und Stift und kritzelte rasch die Namen der Männer darauf, während er sie gleichzeitig vor sich hinmurmelte. »Heide, Nitsche, Linden ... das sind die Obergutachter, mit denen sie eigentlich nichts zu tun haben sollten, dann wären da noch Doktor Heinze, der Direktor der Landesanstalt Görden in Brandenburg ... Doktor Steinmeyer, Doktor Mennecke und Doktor Hebold, alle drei gute Männer und Spezialisten auf ihrem Gebiet und seit neuestem auch Doktor Wischer. Das sollten sie im

Großen und Ganzen gewesen sein, wenn noch Namen hinzukommen, würde ich sie darüber informieren.«

Luise nahm den Zettel entgegen.

»Ich werde in nächster Zeit sehr viel auf Reisen sein. Dann muss ich mich auf sie verlassen können. Sie sind nun Teil von etwas unvorstellbar Großem, im Dienst unseres Vaterlandes, meine liebe Frau Schramm. Nicht jedem wird die Ehre zuteil, an einer Aufgabe mitzuwirken, die von solch entscheidender Bedeutung für die Volksgesundheit ist. All die Defektmenschen, diese Parasiten, die dem Staat das Blut aussaugen, die störenden Naturkeime gehören ausgemerzt. Es obliegt unserer Fürsorge, der Verschlechterung des Erbgutes unseres Volkes vorzubeugen und den Bodensatz, das Lumpenproletariat in unserem Land zu vernichten!«

Diese Worte verfehlten ihre Wirkung bei Luise nicht. Sie wurde von einer Woge des Glücks und der tiefen Zufriedenheit erfasst, weil sie für diese besondere Aufgabe ausgewählt wurde. »Vielen Dank, Herr Doktor Schroth. Ich fühle mich geehrt, dass sie mir ihr Vertrauen schenken und mich mit dieser wichtigen Funktion betrauen.«

»Nun, als meine Sekretärin genießen sei mein besonderes Vertrauen. Sie sind so etwas wie meine rechte Hand. Ich bin mir sicher, dass sie ihre Aufgabe genauso gewissenhaft erfüllen, wie all die anderen bisher. Nun lassen sie uns die Akte der Verstorbenen heraussuchen, damit wir die leidige

Angelegenheit mit dem vermissten Ring aus der Welt schaffen können.«

Kapitel 6 - Pfafferode, 3. September 1941

Wie am vergangenen Freitag angekündigt, befand sich der Klinikdirektor auf einer Geschäftsreise. Er traf sich mit einigen Anstaltsleitern in der Landesheilanstalt in Bernburg und würde erst morgen zurückerwartet.

So hatte Luise ausgiebig Zeit, sich mit den Z-Akten zu beschäftigen. Es war einigermaßen verwirrend, dass die Formulare der Gutachter getrennt von den allgemeinen Krankenakten aufbewahrt wurden. Das erschwerte die Arbeit ungemein, ergab jedoch insofern Sinn, dass man diese wichtigen Dokumente gemeinsam archivierte.

Ernst hatte ihr am Wochenende erklärt, dass die Kliniken im Staat verpflichtet worden waren, jeden einzelnen Patienten auf einem Meldebogen zu erfassen, welcher dann an eine Zentralstelle in Berlin geschickt wurde, um dort geprüft zu werden. Auch er wusste um die Erfassungsbögen, half er doch mit, die Kranken lückenlos zu registrieren.

Die beiden hatten sich am Wochenende die Köpfe heiß diskutiert, was die Konsequenz der Erhebung betraf. Nicht wenige der Menschen, die auf diese Weise begutachtet worden waren, traten den Weg in den grauen Bussen der Transportabteilung in Richtung diverser Tötungseinrichtungen an. Ernst litt unter der Vorstellung, ein Erfüllungsgehilfe des

Teufels, wie er es bezeichnete, zu sein. Er ging sogar soweit, zu behaupten, dass an seinen Händen das Blut der Toten kleben würde.

Luise konnte in gewisser Weise die Gefühle ihres Mannes nachempfinden. Dennoch fühlte sie sich zu etwas Besonderem berufen, betrachtete sich als Teil einer Gemeinschaft, die nur das Wohl des Deutschen Volkes im Sinn hatte. Damit die Diskussion nicht zu einem handfesten Streit ausartete, hielt sich Luise mit Äußerungen zu ihren Ansichten zurück. Gewiss würde auch Ernst eines Tages verstehen, von welch enormer Wichtigkeit die Selektion von genetischen Krüppeln war, um das arische Blut nicht zu verwässern. Die Kraft jedes Einzelnen und damit die des gesamten Volkes resultierte doch schließlich aus einem Pool gesunden Erbgutes. War es nicht sogar so, dass man den Gnadentod, den man den Volksschädlingen gewährte, als Akt der Nächstenliebe gegenüber den kommenden, noch ungeborenen Generationen betrachten sollte? So hatte zumindest Direktor Schroth argumentiert.

In Gedanken versunken blätterte sie durch die Dokumente der Akte »Petzold«. Die Frau wurde vor ihrer Verlegung in eine andere Klinik schon drei Jahre in Pfafferode behandelt. Die Behandlungsdiagnose lautete Dementia paralytica, eine Greisenveränderung des Gehirns, die mit einer Hirnerweichung einherging. Die Frau sei nicht einmal mehr in der Lage gewesen, ihre eigenen Kinder zu erkennen, so stand es hier geschrieben. Umso mehr verwunderte Luise die Tatsache, dass ein Gedichtband zum persönlichen Eigentum der Verstorbenen gehörte. Wahrscheinlich hat sie das Buch aus einer sentimentalen Laune heraus behalten, ohne genau zu wissen, wieso, oder jemand hatte ihr daraus vorgelesen. Wie dem auch sei, Frau Petzold war unheilbar krank.

Aus den weiteren Krankenberichten erfuhr Luise, dass die Arme keinerlei Kontrolle mehr über ihre Ausscheidungsfunktionen gehabt habe und in den letzten Monaten ihres Aufenthaltes in der Klinik immer häufiger von Anfällen, wie sie bei Epileptikern vorkommen, gequält wurde. Weitere Informationen waren der Krankenakte nicht zu entnehmen. Der allerletzte Eintrag war auf den 9. April dieses Jahres datiert und lautete »Verlegung in eine andere Klinik«. Sie wendete das Blatt, um zu sehen, in welche, fand jedoch keine weitere Notiz. Eigenartig. Vielleicht konnte sie mehr dazu in der Kartei im Büro des Direktors finden und begab sich sogleich auf die Suche nach der Akte.

Im obersten Schubfach wurde die Sekretärin fündig. Das Ablagesystem funktionierte genauso, wie es Doktor Schroth ihr erklärt hatte. Sie griff den Einband mit der Aufschrift Z 050492.

Dem Akteneinband entnahm sie eine Kopie des bearbeiteten Meldebogens aus der Zentrale in der Tiergartenstraße. Notiert waren neben den Personalien der Verstorbenen, auch die Anschrift der nächsten Angehörigen, von wem sie regelmäßig Besuch bekam und der Kostenträger. Wie es aussah, war Frau Petzold außer in Pfafferode noch in keiner weiteren Heil- und Pflegeanstalt gewesen. Laut den Angaben auf dem Meldebogen war die Frau bereits seit ungefähr acht Jahren erkrankt und wurde am 7. Mai 1938 in die Klinik eingewiesen. Das Feld für geisteskranke Blutsverwandte enthielt keinen Eintrag. Als Diagnosen waren Dementia paralytica und Epilepsie notiert worden. Im Weiteren fand Luise Angaben zur Bettlägerigkeit der Frau, dass sie sehr unruhig gewesen sei, stark verwirrt im Rahmen ihrer senilen Erkrankung und unsauber, womit wohl die Inkontinenz gemeint war. In dem Feld, wo die Häufigkeit der Anfälle einzutragen war, stand die Zahl 4, ein Kreuz vor der Angabe »täglich«.

Vier epileptische Anfälle pro Tag - die arme Frau. Darunter fand Luise Notizen zu den bisherigen Therapien - Luminal, Phenydan - damit konnte sie nichts anfangen, notiert war auch deren Erfolglosigkeit.

Unter Bemerkungen konnte die Sekretärin letztlich die Angaben entdecken, nach denen sie gesucht hatte. Frau Petzold wurde am 9. April dieses Jahres nach Altscherbitz verlegt. Das Vorhandensein von Wertgegenständen wurde negiert. *Kein Ring?* Das wunderte Luise. Vielleicht war er ja bereits vor der Verlegung in unserer Klinik verloren gegangen. In einem schwarz eingerahmten Feld am Ende des Schriftstücks war ein schmaler roter Aufkleber angebracht: »Durch eine Kommission unter der Leitung von ...«. Die Unterschrift darunter konnte Luise nicht entziffern. In einem weiteren umrahmten Feld hatte jemand ein großes rotes Plus eingezeichnet, neben dem ein Obergutachter und zwei andere Gutachter ihre Namenskürzel hingesetzt hatten. Der letzte Eintrag lautete auf »erledigt in Be, Aktenzeichen Be 39 / 97, 25.06.1941«.

Auf einem zweiten Pergament fand sie die Durchschrift des Transportprotokolls. Hier war die Auflistung der persönlichen Gegenstände der Verstorbenen zu finden, deren Empfang von einem begleitenden Pfleger quittiert worden war. Auch hier war der verloren gegangene Ring nicht angegeben. Langsam beschlichen Luise Zweifel, ob es das wertvolle Familienerbstück wirklich gegeben hat. »Nein!« Zur Selbstbestätigung schüttelte die junge Frau den Kopf. Der Sohn der Verstorbenen hatte nicht wie ein Lügner auf sie gewirkt. Also suchte sie weiter.

Die Sekretärin fand eine Durchschrift der Todesanzeige, die auf den 22. Juli datiert war. Ihr war zu entnehmen, dass Frau Petzold an Atemversagen während eines schweren Anfalls verstorben war. Die Abschrift der Sterbeurkunde war ebenso vorhanden, wie zwei Fotografien der Toten. Es zeigte den nackten Oberkörper der Patientin von vorn und von der Seite. Jemand hatte ihr die Nummer 3997 oberhalb der Brust und auf den Rücken gestempelt.

Luise wurde es ganz flau im Magen, als sie die Bilder der nackten Frau ansah. 3997? Das war die gleiche Zahl wie auf dem Meldebogen, nur dass zwischen den beiden Neunen der Schrägstrich fehlte. Eine Woge der Übelkeit erfasste die Sekretärin. Ob die Zahl 3997 mit der Anzahl der getöteten Menschen gleichzusetzen war? Wenn ja, waren das unvorstellbar viele Tötungen. Das hatte sie nicht erwartet. 3997? Diese Zahl hallte wie ein Echo durch ihren Kopf ... 3997 ... 3997 ...

Die Beine gaben unter dem Gewicht ihres Körpers nach. Luise ließ sich erschöpft auf dem Teppich nieder. So viele Menschen? »Oh mein Gott ...« Sie schlug die Hände vors Gesicht. Als sie die Lider schloss, erschienen ihr die Fotografien der nackten alten Dame vor ihrem geistigen Auge. Tränen liefen an ihren Wangen herunter und wollten nicht versiegen.

Als sie ein Geräusch aus ihrem Büro hörte, wischte sie sich mit dem Ärmel ihrer Bluse die Nässe aus dem Gesicht und erhob sich.

»Luise?«

Es war Elsbeths Stimme. »Augenblick, ich komme gleich!« Sie schob sich die roten Locken hinter die Ohren, strich Rock und Bluse glatt und hofft inständig, dass ihre Freundin nicht mitbekam, wie aufgelöst Luise war. Nachdem sie die Akte auf den geöffneten Auszug des Schubfaches gelegt hatte, lief sie in den Vorraum, in dem sie sonst arbeitete.

»Hallo, ich habe nicht so früh mit dir gerechnet.«

Die Miene Elsbeths war an Spott nicht zu

überbieten. »Früh? Hast du mal auf die Uhr gesehen?«

Überrascht registrierte Luise beim Blick auf die rustikale Standuhr in der Ecke des Raumes, dass es bereits nach zwölf Uhr war. »Oje, ich hatte so viel zu tun, dass ich gar nicht mitbekommen habe, wie die Zeit vergangen ist.«

»Ist ja kein Weltuntergang. Ich wollte dich zum Mittagessen abholen.«

Luise zögerte. »Weißt du, ich habe heute irgendwie keinen Hunger.«

Enttäuscht betrachtete Elsbeth ihre Freundin. »Komm doch mit! Ich wollte dir eine aufregende Neuigkeit erzählen. Bitte!«

Bei den letzten Worten zog die junge Frau einen Schmollmund, der seine Wirkung auf Luise nicht verfehlte. »Also gut. Aber nur eine halbe Stunde. Ich habe noch einiges zu erledigen, bevor Doktor Schroth von der Dienstreise zurückkommt.« Sie fischte einen Apfel aus ihrer Tasche und die Stulle, die sie eingepackt hatte und folgte Elsbeth nach draußen auf die Bank vor dem Verwaltungsgebäude.

Luise war froh, der Einladung ihrer Freundin gefolgt zu sein. Die Ablenkung hatte ihr gutgetan. Elsbeth hatte nicht zu viel versprochen, als sie von einer aufregenden Neuigkeit gesprochen hatte. Gustav hatte am gestrigen Abend um ihre Hand angehalten. Sie würden in zwei Monaten heiraten, wenn es keine Probleme mit den Unterlagen gab.

Luises Freundin hatte ein Blatt Papier aus ihrer Rocktasche gezogen, auf dem sie den ganzen Morgen die Unterschrift mit ihrem zukünftigen Familiennamen geübt hatte. Sie freute sich für Elsbeth. Endlich war auch wieder ein Gefühl von Vertrautheit zwischen den beiden Freundinnen zu spüren, das Luise seit ihrer Beförderung zur Sekretärin des Klinikdirektors und den daraus resultierenden dummen Streit sehr vermisst hatte. Für einen kurzen Moment überlegte sie sogar, Elsbeth von ihrer Schwangerschaft zu erzählen, entschied sich dann aber dagegen. Sie würde noch eine Weile warten, bis sie ihr süßes Geheimnis preisgab. Bisher konnte auch niemand erahnen, dass sie ein Kind erwartete. Ihr Bauch war flach wie eh und je. Ihre Gedanken gerieten in Bahnen, die sie, wenn Luise sie zu Ende denken würde, nicht kontrollieren können würde. Es half nichts. Nun hieß es, sich zu konzentrieren. Sie sollte sich mit der Suche nach dem verschwundenen Ring beschäftigen. Die Sekretärin sah auf die einen Spalt weit geöffnete Tür zum Büro des Direktors und musste sich beinahe zwingen, wieder dort hinein zu gehen. Sie fürchtete sich vor weiteren Enthüllungen. Luise rief sich innerlich zur Ordnung und begab sich erneut auf Spurensuche.

Auch die übrigen Unterlagen erwiesen sich als

wenig hilfreich. Neben der Verlegungsanweisung in die Anstalt Altscherbitz durch die Zentralstelle fand Luise noch eine Anweisung zur Verlegung am 16.06. in die Klinik Bernburg, in der die Patientin dann verstorben war.

Der Vermerk »desinfiziert am 25.06.1941« irritierte die junge Frau jedoch. Als Todesdatum war in der Sterbeurkunde doch eindeutig der 22.07.1941 angegeben. Welches Datum war denn nun das richtige? Auch im Trostbrief an die Angehörigen war der Juli als Todestag genannt.

Die Sekretärin verfolgte diesen Gedanken jedoch nicht weiter, sondern blätterte durch die letzten Blätter der Akte, welche eine Aufstellung der Abrechnung für die Krankenversicherungsanstalt sowie eine Übersicht über die persönlichen Gegenstände aus dem Nachlass der Verstorbenen enthielten. Ein Ring wurde nirgends erwähnt.

Was sollte Luise jetzt tun? Es gab keinerlei Hinweise über den Verbleib des Schmuckstücks.

Vielleicht half es, wenn sie einen Brief an die beiden Anstalten in Altscherbitz und Bernburg schreiben würde. Möglicherweise tauchten Anhaltspunkte in den ausführlichen Aufzeichnungen der Klinik auf. Seufzend schloss sie die Z-Akte und sortierte sie wieder an die richtige Position im Aktenschub ein, verschloss den Schrank und legte den Schlüsselbund zurück in die Schublade im Schreibtisch des Klinikdirektors.

Dann entschied Luise sich, noch vor Feierabend die

beiden Briefe zu tippen, damit sie, sollte Herr Petzold sich nach dem Stand der Dinge erkundigen, etwas über den Fortschritt ihrer Ermittlungen aussagen zu können. Eigentlich hatte sie gehofft, Antworten in den Akten des Direktors zu finden. Stattdessen taten sich immer mehr Fragen auf.

Kapitel 7 - Mühlhausen, 6. September 1941

Endlich Wochenende! Luise räkelte sich in ihrem Bett und genoss die Tatsache, noch nicht aufstehen zu müssen. Seit einigen Tagen wurde sie auch nicht mehr von ständiger Übelkeit geplagt. Kurzum - sie fühlte sich so wohl wie nie zuvor.

Während Luise in sich hinein horchte, ließ sie die Hände unter der Bettdecke über ihren Bauch gleiten. Er war so straff wie eh und je, keine Vorwölbung, keinerlei Zeichen, dass ein neues Leben in ihr heranwuchs. Wann sie das Baby wohl das erste Mal spüren würde? Ihre Mutter meinte, dass es noch einige Wochen dauern könnte.

Wie so oft überlegte sie, wann der richtige Zeitpunkt gekommen wäre, um ihre Schwangerschaft offiziell zu verkünden. Sie durfte nicht zu lange warten, damit Direktor Schroth noch eine geeignete Vertretung für sie finden konnte, bevor sie ausfiel. Mit Ernst und ihrer Mutter hatte sie abgesprochen, dass sie nach dem Ablauf des Mutterschutzes wieder arbeiten gehen wollte. Auf das Geld, das sie als Sekretärin des Klinikdirektors verdiente, konnten sie nicht verzichten. Das Baby würde von seiner Großmutter betreut werden, die sich schon auf die Ankunft des neuen Erdenbürgers freute. Es blieben also zwölf Wochen, in denen sie jemand vertreten musste. Das war keine so lange Zeit. Hoffentlich würde Direktor Schroth Verständnis für ihre Situation zeigen, zumal sie ja erst so kurz für ihn arbeitete. Im schlimmsten Fall könnte er sie ersetzen und sie müsste wieder zurück in das Schreibbüro zu den anderen Frauen.

Es half keinesfalls, sich den Kopf darüber zu zerbrechen. Sie konnte ja doch nichts weiter tun, als abzuwarten, wie die Dinge sich entwickeln.

Der Geruch von Gebratenem stieg ihr in die Nase, was ein lautstarkes Knurren aus der Bauchregion zur Folge hatte. Der Gedanke an Essen ließ sie ihre Grübeleien vergessen. Wahrscheinlich bereitete ihre Mutter den Sonntagsbraten für morgen vor. Sie hatten eine halbe Ewigkeit keinen Braten mehr gegessen. Auch würde es nicht mehr lange dauern, bis die zweiwöchentlichen Eintopfsonntage auf allerhöchsten Führerbefehl wieder stattfanden. Von Oktober bis März kamen die Menschen zum öffentlichen Suppenessen zusammen, um das Geld, das sie für die gewohnte Sonntagsmahlzeit sparten, dem Winterhilfswerk zu spenden. So demonstrierten die Menschen ihr Engagement für die Bedürftigen, zeigten sowohl materiell, als auch ideell ihre Anteilnahme und Opferbereitsschaft für die Volksgemeinschaft. Die Aussicht auf einen köstlichen Braten wurden dann verschwindend gering.

Erneut knurrte Luises Magen lautstark. Sie ignorierte ihren Hunger nicht weiter und warf schwungvoll die Decke zur Seite und schwang sich aus dem Bett.

Ernst war bereits auf Arbeit. Er hatte die frühe Schicht und würde am Nachmittag nach Hause kommen. Insgeheim war die junge Frau froh darüber, denn so konnten sie nicht wieder streiten. In den letzten beiden Tagen hing der Haussegen ordentlich schief.

Luise hatte den Fehler begangen, ihm von ihren Entdeckungen auf Arbeit zu berichten. Naiv wie sie war, hatte sie gehofft, dass er die Zweifel, die in ihr aufkamen, beiseite räumte, ihr beteuerte, dass sie sich gewiss irrte. Aber Ernst wiederholte nur seine Bedenken, die er schon geäußert hatte, bevor sie die Stelle beim Direktor angenommen hatte. »Ich habe es dir doch gesagt ...« Diesen Satz konnte und wollte Luise aus seinem Mund nicht mehr hören. Deswegen hielt sie sich zurück und erzählte ihm nicht alles, was sie zu wissen glaubte. Schmuck und Wertgegenstände, die ihre Besitzer angeblich nie bei sich getragen hatten, Todesdaten und Abrechnungsdaten, die voneinander abwichen - für all das musste es doch eine plausible Erklärung geben. Direktor Schroth hatte Luise versichert, dass sie nun Teil von etwas Großem sei. Dieses Gefühl, dass daraus entstanden war, ließ sich mit nichts, dass die jungen Frau bisher erlebt hatte, vergleichen. Sie wollte glauben, was der Mann ihr gesagt hatte und doch ...

Langsam stieg sie die steile Holztreppe nach unten. Aus der Küche hörte Luise ihre Mutter, die zu einem Lied im Radio sang. Seit der Brief von der Front eingetroffen war, sprühte Minna gerade so vor Energie und guter Laune. Der Gedanke daran zauberte auch Luise ein Lächeln auf die Lippen.

»Guten Morgen!« Die Musik war so laut gedreht, dass Luise Mühe hatte, sie zu übertönen.

Erschrocken ließ Minna die Fleischgabel fallen. »Meine Güte, warum schleichst du dich denn so an?« In einer theatralischen Geste legte sie die Hand auf die Brust, um ihrer Tochter zu demonstrieren, dass sie beinahe einen Herztod bei ihrer Mutter verursacht hätte.

»Bei dem Krach könntest du nicht einmal hören, wenn ein ganzes Bataillon Soldaten durch unsere Küche marschieren würde.«

Entrüstet schwang Minna die Fleischgabel, die sie gerade wieder aufgehoben hatte, durch die Luft. »Krach? Du kannst doch die betörende Stimme von Rudi Schuricke nicht als Krach bezeichnen!«

»Schon gut! Du hast Recht. Ich bin ein Kulturbanause.« Lächelnd beobachtete Luise das Mienenspiel ihrer Mutter. Trotz deren Protests lief sie zum Radio und drehte es ein wenig leiser. »Ich habe Riesenhunger. Der Braten duftet im ganzen Haus, dass mir das Wasser im Mund zusammen läuft.« Sie lief zum Ofen, lüftete den Deckel der Pfanne und sog den traumhaften Geruch, der daraus aufstieg, ein. »Hmmmm! Lecker!«

»Du wirst dich wohl noch ein wenig gedulden müssen. Das Fleisch gibt es morgen. Aber ich backe dir noch ein paar Brötchen von gestern auf, wenn der Kuchen fertig ist.«

»Kuchen?«

»Ja, ich habe einen Apfelkuchen gebacken. Den nehmen wir heute Nachmittag mit zu den Mörstedts. Erna hat gefragt, ob wir nicht zum Kaffeetrinken kommen wollen. Sie hat von ihrer Schwester aus Berlin richtige Kaffeebohnen geschickt bekommen. Stell dir nur vor ... echter Kaffee!«

»Das klingt gut.«

»Ich habe ihr gesagt, dass wir den Kuchen mitbringen. Sie hat weiß Gott genug zu tun mit den Kindern, da wollte ich ihr etwas Arbeit abnehmen.«

»Wie alt ist denn eigentlich der kleine Wolfgang? Müsste er nicht auch schon bald ein Jahr alt werden?«

»Im nächsten Monat.«

»Meine Güte - wie die Zeit vergeht!«

Melancholisch lächelnd griff Minna nach der Hand ihrer Tochter. »Wem sagst du das. Gerade erst warst du so klein wie das Bürschchen und nun bekommst du selbst ein Baby. Ich kann es immer noch nicht fassen.«

Luise sah, wie sich die Augen ihrer Mutter mit Tränen füllten. »Jetzt übertreibst du aber! Ich werde bald neunzehn Jahre alt ...«

»... und trotzdem kommt es mir so vor, als wäre es gestern gewesen, als ich dich das erste Mal in meinen Armen gehalten habe. Du bist so unglaublich schnell erwachsen geworden.« Mit dem Rand ihrer Schürze wischte sich Minna eine Träne aus dem Augenwinkel. »Du wirst schon sehen, die Zeit rast nur so. Ein Blinzeln nur, ein Atemzug und du bist kein Gast mehr auf Gottes Erdboden. Dann trittst du vor den Schöpfer und musst Rechenschaft ablegen über dein Tun auf Erden.«

Imposant traf nicht einmal annähernd das Wort, was Erna Mörstedt beschreiben könnte. Für Luise war sie die beeindruckendste Frau, die sie kannte und das schon ihr gesamtes Leben. Ihr kräftiger Körperbau täuschte eine Behäbigkeit vor, die weiß Gott nicht vorhanden war. Ganz im Gegenteil, Erna bewegte sich mit einer Geschwindigkeit, die man ihr aufgrund ihrer Statur nicht zutraute. Bei vier Kindern musste sie auch flink auf den Füßen sein. Luise beobachtete die Fünfunddreißigjährige dabei, wie sie ihren jüngsten Spross, den kleinen Wolfgang, der auf dem Terazzoboden im Flur herumkrabbelte, einfing, damit die Besucherinnen aus der Nachbarschaft nicht über ihn stolperten.
Kreischend versuchte das Bürschchen, dem Griff seiner Mutter zu entkommen, aber er wurde mit fester Hand daran gehindert und auf ihrer breiten Hüfte platziert.
»Kommt doch herein, ihr beiden! Ich habe den Kaffeetisch schon gedeckt.«
Der Geruch frischen Bohnenkaffees stieg Luise in die Nase. »Hm! Was für ein herrlicher Duft! Ich

kann es gar nicht erwarten, endlich einmal wieder eine richtige Tasse Kaffee zu genießen.«

Erna seufzte. »Da hast du Recht. Gott sei Dank bekomme ich von meiner Schwester gelegentlich ein Päckchen. In Berlin gibt es noch einige Kolonialwarenläden, die Kaffeebohnen verkaufen. Das lassen sich die Händler aber gut bezahlen.«

»Das kann ich mir vorstellen. Kriegsgewinnler gibt es überall, in so großen Städten wahrscheinlich zuhauf.« Minna balancierte das Blech mit dem Kuchen an Erna vorbei in die Küche. »Ich habe uns einen Apfelkuchen mit Streuseln gebacken ...«

»... und ich habe die Sahne! Heute lassen wir es uns gut gehen.« Zur Untermauerung ihrer Worte hob Luise einen Tontopf in die Höhe. »Wo sind die Kinder?«

»Joachim macht mit Freunden die Straße unsicher, Horst spielt mit seinem neuen Hund, Struppi, im Hinterhof und Brigitte hält Mittagsschlaf, was der kleine Racker hier auch hätte tun sollen.« Der feine Kranz an Lachfältchen rings um den Augen widersprach der Schärfe in ihrem Ton. »Kannst du Wolfgang halten, während ich den Kuchen aufschneide?« Erna hielt Luise das Bündel entgegen.

Eilig stellte sie den Sahnetopf auf den Tisch und griff nach dem Baby, das abermals zappelte und strampelte. »Komm her, du süßer Schatz! Na, du Hübscher, hast du Lust auf Schlagsahne?« Luise fuhr mit dem Zeigefinger am Rand des Tontopfes entlang und tupfte etwas von der Sahne auf den

Mund des Kleinen. Der schob die Zunge zwischen den Lippen hindurch. Als er bemerkte, dass die Masse schmeckte, griff er nach Luises Finger und steckte ihn sich in den Mund, was zur allgemeinen Erheiterung beitrug.

»Sieht so aus, als wüsste er, was gut ist!« Minna konnte sich das Lachen nicht verkneifen. Noch lustiger war jedoch die Bemerkung Ernas, wonach der kleine Wolfgang in dieser Hinsicht nach seinem Vater käme.

»Wie geht es deinem Mann? Hast du Nachricht von ihm?« Minna hielt beim Aufschneiden des Kuchens inne und sah ihre Freundin fragend an.

»Letzte Woche ist ein Brief von ihm eingetroffen. Er hat geschrieben, dass er genau dort eingesetzt wurde, wie vor seinem Heimaturlaub im August, und auch das Gleiche täte. Du weißt ja, dass sie keine Details schreiben dürfen.«

Minna nickte. »Also ist er in Norwegen?«

»Ja. Wahrscheinlich versenken sie wieder die Waffen, die sie bei den Widerstandskämpfern in den besetzten Gebieten sicherstellen, in den Fjorden. Das hat er zumindest getan, bevor er nach Hause gekommen war. Und weißt du Neues von Friedrich?«

»Seit dem letzten Brief nicht. Ich wünschte, ich wüsste, wo er gerade ist und ob es ihm gut geht.« Erna goss den Kaffee ein, dessen Duft die gesamte Küche erfüllte. »Lasst uns das Beste hoffen. Mehr können wir in diesen furchtbaren Zeiten kaum tun.« Sie stellte die Kanne auf die Gusseisenplatte des Küchenherdes und nahm Luise den kleinen Wolfgang wieder ab, bevor sie sich beim Kaffeeklatsch unverfänglicheren Themen widmeten.

»Wie geht es dir, Luise? Deine Mutter hat mir verraten, dass du guter Hoffnung bist?«

»Guter Hoffnung? So kann man es auch ausdrücken.« Belustigt über Ernas Wortwahl schmunzelte die junge Frau. Bevor sie jedoch antworten konnte, wurde die Tür aufgerissen und Joachim stürmte herein.

Der schlaksige Dreizehnjährige bot einen bemitleidenswerten Anblick. Seine Knie waren aufgeschlagen, aus der Nase lief Blut und verteilte sich über das Kinn. Das rechte Auge war gerade dabei, vollständig zuzuschwellen. Die Schürfwunden an Wange und Stirn waren verdreckt, die dunklen Haare standen in alle Himmelsrichtungen vom Kopf ab. Die zu Fäusten geballten Hände, deren Fingerknöchel ebenfalls aufgeschürft waren, hielt er stocksteif an den Seiten. Mit dem linken Auge funkelte er seine Mutter wütend an, obwohl Luise nicht annahm, dass die Wut des Jungen gegen Erna gerichtet war.

Erna erhob sich und drückte Minna den kleinen Wolfgang wortlos auf den Schoß. »Was ist denn mit dir passiert? Hast du dich geprügelt?« Als der Bursche nicht antwortete, stemmte sie die Hände in die ausladende Hüfte. Eine Mischung aus Besorgnis und Wut spiegelte sich in ihrer Miene wider. »Jetzt mal raus mit der Sprache, ich erfahre es ja doch!«

»Diese Schweine ...!« Der Junge presste die Worte zwischen den Zähnen hervor. Bevor er fortfuhr, holte er tief Luft. »Ich habe denen gezeigt, was ich von ihnen halte.«

»Von wem? Von deinen Freunden?« Verständnislos sah Erna, wie ihr Ältester um seine Fassung rang.

»Die sind die längste Zeit meine Freunde gewesen.« Joachim schnaubte verächtlich.

Erna merkte, dass sie an dieser Stelle nicht weiterkam. »Geh dich waschen! Dann kommst du wieder, isst ein Stück Kuchen und erzählst mir, was geschehen ist! Abmarsch!«

Während Erna darauf wartete, dass Joachim der Aufforderung nachkam, machte er auf dem Absatz kehrt und verließ die Küche. Kopfschüttelnd wandte sie sich wieder ihren Gästen zu. »Ich weiß nicht, was in den Jungen gefahren ist. Kleine Reibereien sind nichts Besonderes, aber eine Prügelei ...«

»Warte ab, was er zu sagen hat. Vielleicht gibt es ja einen triftigen Grund.« Minna lächelte ihrer Freundin aufmunternd zu.

Unterdessen erbeutete Wolfgang mit seinen Speckfingerchen den Rest des Kuchenstückchens auf dem Teller vor ihr und stopfte ihn sich eilig in den Mund. Mit dicken Plusterbacken und unschuldigem Blick verfolgte er die Unterhaltung der beiden Frauen.

»In Ordnung. Ich höre mir an, was ...« Bevor sie

104

den Satz zu Ende bringen konnte, kehrte Joachim zurück. Er setzte sich auf den Stuhl neben seiner Mutter und hielt den Kopf gesenkt.

Wortlos schaufelte Erna ein Stück Kuchen auf ihren Teller und schob ihn vor ihren Spross. Als der keinerlei Anstalten machte, nach dem Löffel zu greifen, strubbelte sie ihm durch die schwarzen Haare, die er von seiner Mutter geerbt hatte. »Nun iss schon!«

Joachim folgte der Aufforderung und aß, jedoch ohne sichtbaren Appetit. Am letzten Bissen hielt er sich betont lange auf, dass Erna fast der Kragen platzte. »Jetzt schluck schon runter und sprich!«

Der Junge führte sich auf, als hätte er gerade seine Henkersmahlzeit gegessen. Er sah auf die Hände, die er im Schoß gefaltet hielt, als er zögerlich mit der Erklärung begann. »Wir haben am Petriteich gemurmelt, Manfred und ich ...« Unruhig, so als würde ihm der Hintern brennen, rutschte Joachim auf dem Küchenstuhl herum. »Dann sind Fritz und Gerhard gekommen und haben Streit angefangen.«

»Die Baumgart-Bengel?« Minna kannte die Burschen und auch ihre Eltern.

Nickend fuhr Ernas Sohn fort. »Genau die. Sie haben Manfred herumgeschubst, ihm die Murmeln weggenommen und gesagt, dass er sich zu dem Judenpack gesellen sollte, zu dem er gehörte.«

Hörbar sog Minna die Luft ein. Sie ahnte bereits, was der Junge als Nächstes erzählen würde.

»Fritz hat Manfred die Sachen zerrissen. Gerhard hat ihn festgehalten. Sie haben ihn angeschrien. Sie haben gebrüllt, er solle ihnen den Judenstern zeigen, den er zu tragen hätte.« Joachim schniefte und wischte sich die Tränen von den Wangen, bevor er fortfuhr. »Als Gerhard dann sein Taschenmesser gezückt hatte, um Manfred den Stern auf die Haut auf der Brust zu ritzen ... Da konnte ich doch nicht zugucken ...« Er holte tief Luft und schniefte in sein Taschentuch. »Ich habe ihm das Messer aus der Hand geschlagen und ihm gesagt, dass er aufhören soll. Aber er hat nicht auf mich gehört. Er hat es aufgehoben ... Als ich es ihm wieder wegnehmen wollte, haben wir gekämpft ...« Erna legte die fleischige Hand auf die bebenden Schultern ihres Erstgeborenen. »Das war richtig.« Besorgt sah sie zu den beiden befreundeten Nachbarinnen und dann wieder zu ihm. »Richtig, aber sehr gefährlich.« Sie runzelte die Stirn und sah Joachim aus klaren blauen Augen an, bevor sie mit sanfter Stimme zu ihrer Erklärung ansetzte. »Fritz und Gerhard wähnten sich im Recht, als sie Manfred angegriffen haben. Seit die Polizeiverordnung vor ein Paar Tagen veröffentlich wurde, die jüdische Bürger verpflichtet, einen gelben Stern zu tragen, auf dem das Wort »Jude« steht, leben diese Menschen in Angst und Schrecken. Es wundert mich, dass Manfred zum Spielen gekommen ist. Wahrscheinlich erkennt er nicht den Ernst der Situation.« Wieder sah Erna zu Minna und deren Tochter, um abzuschätzen, was sie sagen durfte und was nicht. Sie waren seit Jahren befreundet,

aber konnten sie ein Geheimnis für sich behalten?
Wahrscheinlich war das Kind bereits sprichwörtlich in den Brunnen gefallen, als Joachim sich zwischen die beiden Brüder und den jüdischen Jungen gestellt hatte. Paul Vollrath, der neue kommissarische Landrat war gleichzeitig der Kreisleiter der NSDAP und würde garantiert von dem Zwischenfall erfahren. »Was die Baumgart-Bengel vorhatten, kann man nur als idiotisch bezeichnen. Dennoch wird sie niemand bestrafen. Ganz im Gegenteil. Durch dein Eingreifen ist es möglich, dass unsere Familie jetzt in den Blickpunkt der Nationalsozialisten geraten ist. In ihren Augen haben Juden keinerlei Rechte. In der Zeitung stand, dass sie nicht mehr mit Bus oder Bahn fahren, kein Fahrrad, Radio oder ein Haustier besitzen dürfen und sogar verpflichtet sind, zu arbeiten, sobald sie sechs Jahre alt sind. Sie müssen den Judenstern tragen, wenn sie das Haus verlassen. Verstehst du, was ich meine?« Fragend blickte sie in das Gesicht des Jungen. An seinem Mienenspiel erkannte sie dessen innerlichen Aufruhr.

Zögerlich nickte Joachim. »Ich habe uns damit in Gefahr gebracht.« Nun verlor er völlig die Fassung und warf sich heulend in die Arme seiner Mutter. »Es tut mir so leid! Ich habe nicht soweit gedacht ...«

Zärtlich strich Erna ihrem Sohn über den Rücken. »Ist schon gut. Es darf dir nicht leidtun. Sieh mich an!«

Mit verheultem Gesicht sah Joachim auf.

»Du hast nichts falsch gemacht.« Sie sprach jedes Wort betont langsam, damit sie auch wirklich zu dem Burschen durchdrang. »Es ist nicht leicht, in der heutigen Zeit das Richtige zu tun. Aber du hast es getan, und ich bin stolz auf dich! Über den Rest mach dir nicht so viele Gedanken, ich werde das regeln.« Erna überlegte kurz. »Es ist wohl besser, wenn du in den nächsten Wochen mit deinen Geschwistern hier im Haus spielst.« Sie konnte die Entrüstung im Gesicht ihres Sohnes ablesen. »Das ist keine Strafe, sondern dient unser aller Sicherheit. Jetzt sie nach, ob Brigitte immer noch schläft oder ob sie sich wieder an meinem Nähkorb zuschaffen macht und mit den Knöpfen spielt!«

Minna sah zu, wie Joachim mit gesenktem Kopf aus der Küche schlich. »Der arme Junge. Was willst du jetzt tun?«

Achselzuckend blickte Erna noch immer auf die Tür, durch die ihr Sohn gerade verschwunden war. »Ich weiß es nicht.«

Kapitel 8 - Pfafferode, 12. September 1942

Der Zwischenfall bei den Mörstedts beschäftigte Luise noch eine ganze Weile. Sie konnte Ernas Besorgnis verstehen.

Die Welt schien im Moment kopfzustehen. Waren die Juden tatsächlich minderwertige Bürger, denen man all ihre Rechte entziehen sollte? All jene, die sie bisher kennengelernt hatte, gingen fleißig ihrer Arbeit nach, waren gutherzige Menschen. Warum wurden sie also von Luises Parteigenossen derart behandelt? Solange das arische Blut nicht dem ihren vermischt würde, war doch alles in bester Ordnung.

Gemeinsam mit ihrer Mutter hatte Luise geholfen, das Haus der Nachbarn mit Fahnen zu versehen. Außerdem zierte jetzt die Wand jedes Zimmers im Heim der Mörstedts das Portrait des Führers. Ganz wohl war ihr dabei nicht. Aber sie konnte kaum zulassen, dass wegen Joachims Missgeschicks seine gesamte Familie zu leiden hatte.

Wie erwartet war durch den kommissarischen Landrat eine Abordnung in das Nachbarhaus in der Schaffentorstraße geschickt und Erna einem Verhör unterzogen worden. Sie hatte die Männer davon überzeugen können, dass auch sie das Verhalten ihres Sohnes unentschuldbar fand und ihn dementsprechend bestraft habe, in dem sie ihren Spross zu dessen Großtante auf den Hof geschickt hat, damit der schädliche Einfluss nicht auf seine Geschwister abfärben würde. Dort sollte er mit harter Arbeit die verdiente Strafe verbüßen.

Die vorbildliche Dekoration des Hauses und die Tatsache, dass das Oberhaupt der Familie an vorderster Front für die Sache diente, hatte wohl alle übrigen Zweifel der Abordnung zerstreut. Dennoch konnten die Männer nicht umhin, Erna zum Abschied darauf aufmerksam zu machen, mit dem Fehltritt ihres Sohnes in den Blick der Stadt, ihrer Volksvertreter und der Sturmtruppe geraten zu sein.

Luise wagte kaum, daran zu denken, was geschehen wäre, wenn man Erna nicht geglaubt hätte. Es gab genug Menschen, die in Nacht- und Nebelaktionen verschwanden, in Zuchthäusern und Konzentrationslagern eingepfercht ein jämmerliches Dasein fristeten. Egal, ob diese Leute ihr Schicksal verdient hatten ... bei dem Gedanken, wie Erna mit den Kindern .... dem kleinen Wolfgang ...

Luise zwang sich, den furchtbaren Gedankengang zu unterbrechen. Sie musste sich jetzt konzentrieren. Im Konferenzraum saßen die Direktoren der Heil-und Pflegeanstalten des ganzen Landes zusammen und redeten sich die Köpfe heiß. Soweit die junge Frau mitbekommen hatte, diskutierten sie über die Predigten des Münsteraner Bischofs, Graf von Galen. Es ging hoch her, als Luise vor einer halben Stunde den Raum verlassen hatte. Direktor Schroth wollte, dass sie einen Imbiss für die Klinikleiter vorbereitete. Er rechnete damit, dass die Zusammenkunft noch bis in die Nacht hinein andauern würde, was der Sekretärin einiges Kopfzerbrechen bereitete. Wie sollte sie nach Hause kommen? Die Straßenbahn fuhr zu so später Stunde nicht mehr. Das könnte ein Problem werden. Vielleicht sollte Luise den Direktor einfach darauf ansprechen.

Sie bestrich gerade eine Brötchenhälfte mit Butter, als die Tür geöffnet und ein Kopf durch den Spalt gesteckt wurde. Luise runzelte die Stirn, als sie den Besucher erkannte. »Herr Petzold, mit ihnen habe ich heute gar nicht gerechnet.«

»Guten Tag, Frau Schramm. Ich war gerade in der Gegend und habe mir gedacht, ich frage einmal nach dem Stand der Dinge, was den Ring meiner Mutter betrifft.« Er trat in das Büro und blickte sie erwartungsvoll an.

Die Sekretärin legte das Messer beiseite, wischte sich die Hände an der Schürze ab, die sie sich für die Zubereitung des Imbisses umgebunden hatte, und bat den Besucher, einen Moment zu warten. Dann suchte sie in einem Stapel Akten nach dem Dokument, das sie vor wenigen Tagen aus Altscherbitz erhalten hatte. »Ah, hier ist es.« Triumphierend zog sie das Papier aus dem Aktenstoß und hielt es dem Besucher entgegen. »Der Brief ist vor knapp einer Woche hier eingetroffen. Wie sie sehen, ist der Ring ihrer Mutter auch in der Anstalt, in der sie gestorben ist, nicht gefunden worden. Direktor Schroth hat sich persönlich um die Angelegenheit gekümmert, aber leider ohne Erfolg.«

Herr Petzold las den Brief des Anstaltsdirektors. Er sah bekümmert aus, als er ihn Luise zurückgab.

»Ich werde die Sache nicht auf sich beruhen lassen. Es geht nicht nur um den materiellen, sondern auch um den ideellen Wert des Rings. Mir wird nichts anderes übrig bleiben, als Anzeige bei der Ordnungspolizei zu erstatten. Eigentlich hatte ich gehofft, dies nicht tun zu müssen.«

Besorgt betrachtete die junge Frau ihr Gegenüber.

»Es tut mir sehr leid, Herr Petzold. Aber in den Akten der Klinik und auch im Verlegeprotokoll taucht das Schmuckstück nirgendwo auf. Ich wüsste nicht, wo wir noch suchen sollten. Sind sie sicher, dass ihre Mutter den Ring bei sich trug, als sie in unserem Haus weilte?«

»Absolut. Ich habe sie mehrfach hier besucht, da trug sie ihn wie gewohnt am Finger. Richten sie ihrem Chef aus, dass ich mich bei ihm für seine Bemühungen bedanke. Es bleibt mit trotz dessen nichts anderes übrig, als den Vorfall bei den Behörden der Stadt zur Anzeige zu bringen. Einen schönen Tag, Frau Schramm!« Ohne eine Entgegnung des Grußes abzuwarten, machte der Mann auf dem Absatz kehrt und humpelte aus dem Büro. Wie schon bei seinem letzten Besuch hinterließ er eine Duftwolke von Kölnisch Wasser, mit dem Unterschied, dass der Geruch dieses Mal keine Übelkeit bei Luise auslöste.

Es war schade, dass die Dinge sich so entwickelten. Luise mochte den Mann, ohne dass sie sagen könnte, warum genau. Er war freundlich und behandelte sie mit Respekt. Herr Petzold strahlte eine Gelassenheit aus, scheinbar konnte ihn nichts aus der Ruhe bringen. Womöglich hing dies mit der Verwundung zusammen, zumindest stellte sich die junge Frau vor, wie er als Soldat gekämpft und in Erfüllung seiner Pflicht für Volk und Vaterland verletzt wurde, ein stiller Held, der in aller Bescheidenheit die Last der Behinderung trug, so wie einer der tragischen Helden, von denen Luise immer wieder in Zeitungen und Groschenromanen las. Sie wünschte, sie hätte mehr für den Mann tun können.

Laute Stimmen auf dem Flur mahnten Luise zur Eile. Sie musste die letzten Brötchen noch belegen, damit die Herren Direktoren sich in einer kurzen Pause stärken konnten, bevor sie sich weiterhin die Köpfe heißredeten. Hastig band sie sich die weiße Leinenschürze wieder um und machte sich ans Werk.

Luise blätterte im Mühlhäuser Anzeiger, während sie darauf wartete, dass die Zusammenkunft der Klinikdirektoren zu Ende ging. Herr Doktor Schroth hatte sie darum gebeten, sich für etwaige Wünsche oder Begehrlichkeiten der Herren

113

bereitzuhalten und im Gegenzug dazu versprochen, sie höchstpersönlich mit seinem Automobil nach Hause zu fahren, wenn die Versammlung beendet war.

Luise überlegte, ob sie nicht am Sonntag mit Ernst ins Kino gehen sollte. Er musste dieses Wochenende nicht arbeiten.

Beim Durchblättern des Mühlhäuser Anzeigers fand sie die Annoncen wie immer auf der letzten Seite. Der Central-Palast warb mit dem ›überaus lustigen Film: Familienanschluss, mit Ludwig Schmitz in einer Paraderolle‹. Das klang schon mal nicht schlecht. In der Weißen Wand würde der Streifen ›Roman eines Arztes‹ aufgeführt werden. Das Kino bei der Marienkirche bestach damit, dass es nicht so riesig war und dazu noch preiswert. Im Thuringia-Lichtspielhaus wäre die ›bezaubernde Tonfilm-Operette: Frau Luna, mit den unvergesslichen und immer populären Melodien von Paul Lincke‹ zu bewundern. Das klang vielversprechend, zumal Ernst sich garantiert für die Musik begeistern würde. Außerdem könnten sie im Anschluss in den Thuringia-Gaststätten noch Paul Mischke und seinen Solisten zuhören, nebenbei eine Fassbrause oder, was Ernst betraf, ein Bier trinken, und den Nachmittag nett ausklingen lassen. Sie würde ihrem Mann die Wahl überlassen.

Ob ihn dies wohl auf andere Gedanken brachte? Nach ihrem letzten Streit hatten sie sich zwar versöhnt, dennoch wirkte Ernst in den

114

vergangenen Tagen sehr in sich gekehrt. Luise war sich sicher, dass ihn etwas bedrückte, aber auf ihr Nachfragen hin, meinte er nur, sie solle sich keine Gedanken machen. Wie sollte sie nicht?
Vielleicht half ja ein nettes Wochenende dabei, ihn von seinen Sorgen abzulenken.

Doktor Schroth hat sich an sein Versprechen gehalten und Luise am späten Freitagabend nach Hause gefahren. Auf dem Heimweg erzählte sie ihm von dem neuerlichen Besuch des Herrn Petzold und dessen Ankündigung, eine Anzeige bei der Ordnungspolizei zu erstatten, was der ärztliche Direktor mit einem Grummeln zur Kenntnis nahm. Da ihr Chef offensichtlich müde und nicht allzu gut gelaunt war, hielt die junge Frau sich mit weiteren Neuigkeiten zurück. Irgendwann würde sie dem Klinikdirektor mitteilen müssen, dass sie schwanger ist, aber sie wollte den richtigen Moment abwarten.
Als sie mit dem Automobil zuhause vorfuhren, wartete Ernst bereits an der Tür auf sie. Direktor Schroth stieg aus, umrundete das Fahrzeug und öffnete Luise die Beifahrertür, ein Gentleman der alten Schule.
Nachdem sie die beiden Männer miteinander bekannt gemacht hatte, lobte der Direktor Ernst für seine Arbeit im Dienste der deutschen

115

Volksgemeinschaft und verabschiedete sich mit dem Hinweis auf die schon fortgerückte Stunde.

Es war wirklich sehr spät geworden. Den fehlenden Schlaf konnte Luise auch am Samstag nicht aufholen. Sie fühlte sich den ganzen Tag müde, war unkonzentriert und schlecht gelaunt. Die unverblümten Hinweise ihrer Mutter, dass nach der Geburt des Babys Schlafmangel täglich auf der Tagesordnung stehen würden, halfen auch nicht dabei, ihre Laune zu verbessern.

An diesem Tag ging aber auch alles schief, so als wäre sie mit dem falschen Bein zuerst aufgestanden. Die Milch, die sie zum Frühstück aufkochte, schäumte über und brannte sich in die Platten des Backofens. Der Gestank hing den ganzen Tag wie eine Dunstglocke im Haus und war auch durch ausführliches Lüften nicht zu verdrängen. Zu allem Übel sprang dann noch beim Zuknöpfen ein Knopf von ihrer Lieblingsbluse ab und hüpfte sie verhöhnend quer durch das Schlafzimmer. Es war zum Verzweifeln. Luise fühlte sich fett und zu nichts zu gebrauchen.

Ernst schien zu spüren, wie es in ihr tobte. Er war liebevoller denn je und schaffte es am Abend tatsächlich, die trüben Gedanken seiner Frau zu vertreiben. Er legte eine Platte auf und verwöhnte jede Stelle ihres Körpers mit zärtlichen Küssen. Luise meinte selbst jetzt noch, seine Lippen auf ihrer Haut zu spüren. Sie strich die Linien nach, entlang denen er ihrer Weiblichkeit gehuldigt hatte. Die Brüste waren fülliger geworden, der

Bauch weicher. Was sie gestern hatte verzweifeln lassen, erfüllte sie heute mit einer unbändigen Vorfreude auf die Dinge, die bald kommen würden, auf die Mutterschaft, auf das Leben.

Ein Flattern in ihrem Unterleib unterbrach all ihre Gedanken. Sie legte die Hand auf die Stelle, an der sie eben noch diese eigenartige Bewegung gespürt hatte. »Hallo Du.«

»Mit wem sprichst du?« Langsam drehte sich Ernst zu ihr um. Ein Lächeln umspielte seine Lippen. Er stützte den Kopf auf den angewinkelten Arm und betrachtete Luise dabei, wie sie sich mit ihrem Bauch unterhielt.

»Ich glaube, das Kind hat mich getreten. Es hat sich angefühlt wie ... ich weiß nicht genau wie. Aber ich habe es gespürt.«

»Ein kleiner Turner also ...«

»... Oder eine Turnerin. Was wäre dir lieber, ein Junge oder ein Mädchen?«

Ernst überlegte kurz. »Eigentlich ist es mir egal. Es hat beides etwas für sich. Für ein Mädchen wäre es bestimmt gut, wenn es einen großen Bruder hätte, der es beschützen würde. Andererseits glaube ich, falls unsere Tochter nach dir gerät, dass sie keine Hilfe nötig haben wird. Wenn ich mir vorstelle, dass sie ebensolche roten Haare haben wird wie du ...« Er griff nach einer ihrer Locken, zwirbelte sie um den Finger und grinste ... »... ein schönes Bild. Was ist mit dir?«

Ihr Lächeln erstarb. »Nun, es ist Krieg. Ich möchte keine Mutter sein, die ihren Sohn in den Kampf schicken muss, nur um ihn später zu begraben.«

»Es wird nicht immer so sein. Irgendwann kehrt Frieden ein. Dann werden wir kräftige Männer brauchen, die unsere Häuser, unsere Städte wieder aufbauen.«

»Du hast Recht. Einigen wir uns darauf, dass wir uns ein gesundes Kind wünschen.« Ihre Betonung lag auf dem Wort »gesund«.

Das war Ernst nicht entgangen. Gerade in der heutigen Zeit, in der kranke Menschen unter Umständen als nicht lebenswert galten, war dies umso wichtiger. Er wollte diesen Gedanken nicht zu Ende denken und hastete aus dem Bett. »Komm, mein Schatz, lass uns aufstehen. Wenn du heute noch ins Kino gehen möchtest, dann sollten wir uns nicht bis mittags im Bett herumkugeln.«

»Kugeln? Das sagst du nur, weil ich so rund geworden bin.« Luise schob die Unterlippe nach vorn und schmollte. Als sie sah, wie er verzweifelt nach Worten suchte, um die Situation zu retten, grinste sie über beide Ohren.

»Du ziehst mich auf. Na warte!« Ernst warf sich aufs Bett, dass die Matratze nur so schaukelte, und fing an, Luise überall dort zu küssen, wo er hinkam. Quieckend und lachend versuchte sie, ihn von sich zu schieben, gab aber nach kurzer Zeit auf. Völlig atemlos schnappte Luise nach Luft. »Was soll nur meine Mutter von uns denken?«

Grinsend hielt Ernst inne. »Sollen wir sie fragen?«

Mit gespielter Entrüstung griff die junge Frau nach dem Kopfkissen und warf es gegen den Kopf ihres

Angetrauten. Der tat so, als wäre er tödlich getroffen, und ließ sich rückwärts auf die Matratze fallen.

Vorsichtig schob sich Luise auf ihn und hauchte ihm einen zärtlichen Kuss auf die Lippen. »Ich wünschte, wir könnten für immer hier im Bett bleiben.«

»Ich auch, aber dann verpassen wir vielleicht einen guten Film. Für welchen hast du dich denn nun entschieden?«

»Mir ist es egal. Ich wollte die Entscheidung dir überlassen.«

»In Ordnung, dann lass uns ins Thuringia gehen. Mir steht der Sinn nach einem Musikfilm.«

Lächelnd betrachtete Luise ihren wunderschönen Mann. Auch wenn sie sich noch nicht so lange kannten, konnte sie doch die eine oder andere seiner Reaktionen und Entscheidungen vorhersagen. Das hatte sie auch bei ihren Eltern beobachtet, die sich nach so vielen Jahren Ehe wortlos verstanden. »Dann also ›Frau Luna‹.«

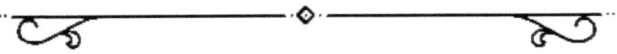

Am Nachmittag saßen die beiden in der Thuringia-Gaststätte, gönnten sich ein Stück Apfelkuchen und eine Brause, diskutierten über den Film, den sie gerade gesehen hatten und genossen die Sonnenstrahlen, von denen es in diesem Jahr wohl nicht mehr so viele geben würde..

»Ich finde schon, dass die Damen ein wenig zu freizügig gekleidet waren.« Stirnrunzelnd beobachtete Luise ihren Mann.

»Ich - ehrlich gesagt – nicht.«

»Wieso wundert mich das nicht? Würde es dir gefallen, wenn ich ... so ... herumliefe?«

Ernst zog die linke Augenbraue nach oben. »Von mir aus brauchst du gar nichts anzuziehen.« Er grinste, als er die Entrüstung in Luises Gesichtszügen ablesen konnte. »Schon gut, ich weiß, was du meinst. In der Öffentlichkeit sollten Frauen sich sittsam kleiden. Aber es ging doch in dem Film um eine Operette.«

»Und ein Opernhaus ist nicht öffentlich?«

Da er sich nicht um Kopf und Kragen reden wollte, wechselte Ernst das Thema. »Findest du nicht auch, dass die Rolle Lizzie Waldmüller direkt auf den Leib geschneidert ist?«

»Mag sein.« Schmollend starrte Luise auf ihren Apfelkuchen.

Was war nur los mit seiner Frau? Seit sie schwanger war, wechselte ihre Stimmung zwischen himmelhochjauchzend und zu Tode betrübt. In gewisser Hinsicht war es enervierend, ihren Stimmungsschwankungen zu folgen. Seine Kollegen hatten ähnliches von ihren Frauen berichtet, wenn sie ein Kind erwarteten. Insofern hoffte Ernst, dass dies auch auf Luise zutreffen würde. Er sah sich nach dem Kellner um, um sich ein Bier zu bestellen. Dabei entdeckte er Doktor

Schroth. »Schau mal, ist das dort nicht dein Chef?«
Luise sah in die Richtung, in die Ernst deutete. »Ja,
das ist er. Ob die hübsche Brünette in seiner
Begleitung seine Frau ist? Was meinst du?«

»Wohl eher die Tochter. Sieh doch mal, wie jung
sie ist.«

Direktor Schroth nickte den beiden zu, als er
bemerkte, dass sie auf ihn aufmerksam geworden
ist. Sie schienen kurz zu diskutieren, bevor sie sich
erhoben und auf Ernst und Luise zuhielten. Am
Tisch der beiden angekommen, reichte der
Klinikdirektor Luise und dann Ernst, der sich in
der Zwischenzeit erhoben hatte, die Hand. »Herr
und Frau Schramm, darf ich vorstellen? Das ist
meine Frau Gerda. Gerda, das sind meine
Sekretärin und ihr Mann.«

Damit schien die Frage nach der Verbindung des
Direktors zu der jungen Dame beantwortet.
Höflich reichte Ernst ihr die Hand und betonte, wie
sehr er sich freue, sie kennenzulernen. Luise indes
hatte es die Sprache verschlagen. Sie war
kreidebleich und starrte ihr Gegenüber an, als hätte
sie einen Geist gesehen.

Ernst sah besorgt zu seiner Frau. »Schatz! Geht es
dir nicht gut? Du siehst aus, als würdest du jeden
Moment ohnmächtig?«

Es dauerte einen Moment, bis Luise sich wieder
gefasst hatte. »Es tut mir leid, Frau Direktor.
Entschuldigen sie meine Unpässlichkeit.
Wahrscheinlich habe ich den Kuchen nicht
vertragen oder die Brause.«

Die junge Frau reichte Luise die Hand und lächelte verschmitzt. »Oder die Mischung von beidem. Es freut mich, sie kennenzulernen. Mein Mann hat sie in den letzten Wochen in den höchsten Tönen gelobt.«

»Vielen Dank!«

»Frau Schramm, sollen wir sie und ihren Mann nach Hause fahren? Sie sehen wirklich aus, als würden sie jeden Moment umfallen.« Besorgt beugte sich Doktor Schroth nach vorn.

»Nein danke, Herr Direktor. Ich werde die paar Schritte laufen. Das wird mir guttun.«

»Wie sie meinen. Dann sehen wir uns morgen auf Arbeit. Einen schönen Nachmittag für sie beide.«

Luise sah ihnen nach, wie sie die Hindenburgstraße hinunter flanierten. Irgendwann waren sie in der Menge der Sonntagsspaziergänger nicht mehr auszumachen.

»Geht es dir besser?« Besorgt griff Ernst nach Luises Hand.

»Ja, es war nur eine kleine Unpässlichkeit. Lass und heimgehen.« Vorsichtig stand sie auf und hielt sich dabei zur Sicherheit an der Tischkante fest, nur für den Fall, dass sie doch noch umkippte. Was sie gesehen hatte, brachte ihr ganzes Weltbild ins Wanken. Sie konnte es einfach nicht glauben ...

INTERMEZZO

Pfafferode, 4. Mai 2017

Es dämmerte schon. Die Sonne versank hinter dem rosa Blütenmeer der japanischen Kirschbäume, welche die Wege bis hinauf zum Kulturhaus der Klinik säumten.

»Wollen wir fahren Oma? Wenn wir im Hotel sind, lassen wir uns das Abendbrot schmecken und trinken eines von diesen leckeren Apotheker Dunkel. Finden wir raus, warum die Mühlhäuser das Bier so mögen. Ein komischer Name ist das jedoch.« Johanna sah ihre Großmutter von der Seite an. Sie war sehr blass. »Wir können morgen nochmal herkommen. Erzähl mir beim Abendessen, was an dem Tag passiert ist, als du mit Opa im Kino warst. Dich hat doch irgendetwas erschreckt, oder?«

Luise erhob sich von der Bank, auf der sie den gesamten Nachmittag zugebracht hatten. »Du hast Recht. Wir sollten uns stärken. Im Übrigen ist der Name gut gewählt für das Bier. Das Brauhaus war lange Zeit, wenn ich mich nicht irre sogar beinahe zweihundert Jahre, eine Apotheke. Deswegen ist man wohl darauf gekommen, den Hopfensaft so zu nennen.«

»Interessant. In der Stadt scheinen ja viele der Menschen sehr geschichtsbewusst zu sein. Kein Wunder, wenn man sich so umsieht. Die alten Fachwerkhäuser und die Kirchen sind traumhaft schön. Ich kann gar nicht verstehen, warum du und Großvater hier weggezogen seid.«

Ein Schatten huschte über das Gesicht der alten Dame. »Du wirst es wissen, wenn du die ganze Geschichte kennst. Nun lass uns gehen, ich habe Hunger.«

»Hm, köstlich. Das Braumeistersteak war die richtige Wahl. Und wie schmeckt es dir?« Johanna nahm einen großen Schluck aus ihrem Bierglas, bevor sie sich den Schaum von der Oberlippe wischte, und sah ihre Oma fragend an.

»Der Fisch ist gut zubereitet.« Luise betupfte sich die Mundwinkel mit ihrer Serviette. »Was hältst du davon, wenn wir nach dem Essen noch ein paar Schritte laufen. Wir könnten zu dem Kino gehen, von dem ich dir erzählt habe.«

»Falls du nicht zu müde bist, gern. Es war ein langer Tag.« Johanna musterte ihre Großmutter und suchte nach verräterischen Spuren von Müdigkeit. Sie war erstaunt, dass eine dreiundneunzigjährige Dame vor Gesundheit nur so strotzte.

»Sicher werde ich froh sein, wenn ich heute Abend meine Beine ausstrecken kann. Dennoch fühle ich mich so lebendig wie schon seit längerem nicht mehr. Die letzten beiden Jahre waren doch sehr anstrengend. Mit anzusehen, wie dein Großvater immer weiter verfiel, kostete mich mehr Kraft, als ich mit Worten beschreiben kann. Der heutige Tag ließ ihn mich sehen, wie er war, als ich ihn kennengelernt habe, ein wunderschöner, stattlicher Mann mit einem unvorstellbaren Charme und einem feinen Sinn für Humor, der so viel Liebe zu geben hatte, dass es für die ganze Welt gereicht hätte. Ach Johanna, ich wünschte, er wäre jetzt hier bei uns.«

Die junge Frau griff nach der zerbrechlich wirkenden runzligen Hand ihrer Oma. »Das ist er doch. Solange nur ein Mensch an ihn denkt, ist er da.« Sie spürte, wie der Druck um ihre Finger sich verstärkte und schmunzelte. Blitzartig schossen ihr Bilder in den Kopf, wie ihr Großvater sie getröstet hat, wenn sie hingefallen war. Wie er bei der Aufführung eines Theaterstücks in der dritten Klasse, in dem sie die eine Möhre gespielt hatte, im Publikum aufgestanden war, um ihr zu applaudieren. Wie er zu ihrer Jugendweihe darauf bestanden hatte, mit seiner erwachsenen Enkeltochter allein auf einem Foto abgebildet zu werden. Wie er ihr zu Beginn der Ferien, als sie ihm ihr Zeugnis zeigte, zwinkernd 10 Mark zusteckte, wohlwissend, dass ihre Mutter dies nicht guthieß, wenn er sie so verwöhnte, und sich dennoch nicht davon abhalten ließ und viele mehr. Oma hatte Recht. Sie hätte sich keinen liebevolleren Opa wünschen können.

Luise griff im Aufstehen nach ihrer Jacke. »Na komm, lass uns gehen! Es ist nicht weit.«

Sie verließen gemeinsam die Gaststätte und traten

auf einen großzügigen Platz hinaus, der auf der gegenüberliegenden Seite von einer Kirche begrenzt wurde. Dann wandten die beiden Frauen sich nach rechts und schlenderten gemütlich durch eine schmale Einkaufsstraße mit lauter kleinen, aber feinen Geschäften, überquerten eine Straße, um die letzten Meter der etwas steiler ansteigenden Linsenstraße hinaufzulaufen.

»Hier an der Ecke war früher ein Fleischer. Für mich ist es eigenartig, dass jetzt hier Mode verkauft wird. Es hat sich seit damals so viel verändert in Mühlhausen.« Kopfschüttelnd nahm Luise die letzten Meter in Angriff. Sie bewunderte die Auslagen in dem Buchladen an der Ecke zum Steinweg. »Hier können wir morgen nochmal herkommen und ein bisschen stöbern, wenn du möchtest.«

Luise führte ihre Enkeltochter nach links auf die breite, travertin-gepflasterte Einkaufsstraße und fand sich wenige Schritte weiter vor einem großen Kaufhaus wieder. Verwirrt blickte sie an der Fassade nach oben. »Wie es aussieht, gibt es das Kino auch nicht mehr.«

Johanna beobachtete mit wachsender Besorgnis, wie die Farbe im Gesicht ihrer Großmutter einer erschreckenden Blässe wich. »Wollen wir uns dort drüben auf die Bänke setzen?« Sie deutete auf eine Reihe Sitzgelegenheiten in einigem Abstand. »Vielleicht möchtest du mir ja auch erzählen, was damals passiert war, als du mit Opa nach dem Kino in der Gaststätte warst.«

Wortlos setzte sich die alte Dame in Bewegung. Bei den Bänken angekommen, ließ sie sich erschöpft darauf sinken. Nach einer ganzen Weile seufzte sie. »Es war wirklich ein anstrengender Tag. Die vielen Erinnerungen ... Eigentlich war der Plan, nie wieder hierher zu kommen. Das hatten wir beide, dein Großvater und ich, uns versprochen. Wir wollten all die furchtbaren Dingen hinter uns lassen.«

Johanna beobachtete, wie ihre Oma in sich zusammensank. »Vielleicht hast du ja Recht und wir sollten nicht an der Vergangenheit rühren. Wenn das alles zu schmerzlich ...«

»Ja, das ist es!«

Mit diesem Ausbruch hatte die junge Frau nicht gerechnet. »Dann lass uns zurück ins Hotel gehen. Wir können morgen nach Hause fahren und versuchen, das alles zu vergessen.«

Wieder seufzte die alte Dame. »Das wäre nicht richtig. Es war so vieles so falsch, was wir damals gedacht und getan haben. Ich schäme mich, dass ich so leichtgläubig war und so ... verblendet.« Bei den letzten Worten brach ihre Stimme.

»Ach Omi. Was war denn so schlimm, dass ihr all die Jahre nicht darüber gesprochen habt?«

»Ich war jung und dumm. Das ist die einzige Entschuldigung, die ich hervorbringen kann. Dein Großvater hat mich die ganze Zeit über gewarnt. Ich habe nicht auf ihn gehört. Erst als ich die Frau des ärztlichen Direktors in der Kinogaststätte getroffen habe, wurde mir so einiges bewusst.«

129

Luise sah Johanna direkt in die Augen, bevor sie fortfuhr. »Ich habe dir doch von Herrn Petzold und seiner Mutter erzählt.« Als ihre Enkeltochter nickte, fuhr sie fort. »An dem Nachmittag, als der Klinikdirektor mir seine Frau vorgestellt hatte, konnte ich nur auf ihre Hand starren. Mich wundert im Nachhinein immer noch, dass dies Doktor Schroth nicht aufgefallen war.«

»Was denn, Oma?«

»Die Frau trug einen Ring mit einem ovalen Granatstein, umrahmt von 8 runden kleineren Steinen in gelbgoldener Fassung.«

Überrascht zog Johanna die Augenbrauen nach oben. »Du meinst ...?«

Luise nickte betrübt. »Ja. Es war wie ein Schlag ins Gesicht. Ich war so leichtgläubig, habe mich mitreißen lassen von den Reden des Direktors, fühlte mich als Teil einer großen Sache. Ich weiß nicht, wie ich es dir beschreiben soll. Die Menschen in der damaligen Zeit waren unzufrieden, viele von ihnen waren arbeitslos, haben den Versprechungen der Politiker von einer besseren Zukunft geglaubt. Nenn es Volksverblendung. Wie sonst hätten all diese Dinge passieren können? Niemand spricht darüber, alle kehren die Ereignisse unter den Teppich, wollen vergessen, dass sie jemals geschehen sind, nur um ihre Mitschuld an den furchtbaren Taten nicht einzugestehen. Doch jeder trägt ein wenig Schuld an dieser Katastrophe. Ich auch, und ich habe den Preis dafür bezahlt.« Luise schluckte ihre Tränen herunter, bevor sie weitersprach. »Wie ich später herausfand, gab es in vielen psychiatrischen Anstalten die Anweisung, den Schmuck und persönliche Wertgegenstände der Kranken, die ihren Gnadentod durch die Hand Ärzte erfuhren, nicht aufzulisten. Auf diese Art und Weise haben die Betreiber der Einrichtungen sich und den Staat bereichert. Das war gängige Praxis in der damaligen Zeit.«

Johanna entging durchaus nicht die Bitterkeit in den Worten ihrer Großmutter. »Hast du eine Anzeige bei der Polizei gemacht?«

»Das hätte mich die Stelle gekostet. Wir brauchten das Geld. Wir haben ein Baby erwartet.«

Berührt von den Äußerungen und auch, um sie zu beruhigen, umarmte Johanna ihre Großmutter spontan. »Was ist denn mit dem Kind passiert? Ich kann ja rechnen und weiß, dass meine Mutter etwas mehr als zwei Jahre später geboren wurde. War es diese Charlotte, von der Opa gesprochen hatte?«

Luises Augen füllten sich mit Tränen. »Sie war so wunderschön. Ihr perfektes kleines Gesicht war umrahmt von rotblondem Flaum. Ich erinnere mich so genau an die Nacht, in der sie geboren wurde, als wäre es heute. Am Vortag ihrer Geburt setzte ein Schneesturm ein, der mehrere Tage anhielt. Der Straßenbahnverkehr durch die Oberstadt kam zum Erliegen, auch der neue Krankentransportwagen, den das Rote Kreuz kurz zuvor angeschafft hatte, konnte den Weg durch die

Schneemassen nicht bewältigen. Ich hatte eigentlich geplant, mein Kind im Julianenheim von Doktor Raeschke am Böhntalsweg zu entbinden. Doch der Schnee hat uns einen Strich durch die Rechnung gemacht. Wir waren eingeschneit. So blieb mir nichts anderes übrig, als die Hebamme zu holen. In der Nacht zum 14. Februar 1942 wurde deine Tante Charlotte geboren. Dein Großvater war ganz aus dem Häuschen, als er sie das erste Mal im Arm hielt.«

Ein Schauer durchfuhr sie wegen all der aufwühlenden Dinge, die ihre Oma Johanna erzählt hatte. »Was ist denn aus ihr geworden, aus Charlotte? Ich habe nie von ihr gehört, Mutter hat nicht erwähnt, dass sie eine ältere Schwester hatte. Gibt es Fotos von ihr?«

»Die wenigen Bilder, die wir aufgehoben haben, liegen tief vergraben in einer Schachtel in meiner Aussteuertruhe. Ich konnte sie mir einfach nicht mehr ansehen, nach allem, was passiert ist.« Luise knetete ihre Finger, um das Zittern zu verbergen. »Deine Mutter hat ihre Schwester nie kennengelernt. Sie war doch gerade erst geboren, als Charlotte ... gestorben ist.«

Jetzt wurde Johanna noch hellhöriger. Diese kurze Pause vor dem Wort ›gestorben‹ und der eigenartige Unterton waren sicher nicht beabsichtigt, aber auch nicht zufällig. Erstaunt darüber, wie viele Geheimnisse die alte Frau mit sich herumtrug und wie lange sie wohl schon versucht hatte, diese zu verdrängen, schüttelte

Johanna den Kopf. Sie hatte bisher im Geschichtsunterricht und in Dokumentationen im Fernsehen von den furchtbaren Ereignissen während des Zweiten Weltkrieges erfahren, aber nie darüber nachgedacht, wie es ihren Großeltern damals ergangen war. »Willst du mir erzählen, was passiert ist?«

Seufzend erhob sich Luise. »Morgen, mein Kind, morgen ...«

TEIL 2

Kapitel 9 – Mühlhausen, 24. März 1944

Als Luise nach Hause kam, saß ihre Mutter weinend am Küchentisch. Sie sah, dass Minna ein zerknülltes Stück Papier in den Händen hielt. Der Anblick ließ ihr das Blut in den Adern gefrieren. Sie wusste genau, dass etwas ganz und gar nicht stimmte, und musste all ihre Selbstbeherrschung aufbringen, um nicht auf der Stelle zu zittern und in Tränen auszubrechen. »Charlotte, mein Schätzchen, häng deine Brottasche an den Haken der Garderobe und geh hinaus in den Garten! Back einen feinen Kuchen in der Sandkiste, ich komme gleich und spiele mit dir!«

Sie sah dem kleinen rotblonden Lockenkopf hinterher, wie er hüpfend durch die Hintertür verschwand. Die Angst hatte ihre Beine gelähmt, sodass sie nicht fähig war, auch nur einen Schritt zu tun.

Der Moment, in dem ihre Mutter aufsah, raubte Luise jegliche Kraft. Ihre Knie gaben nach. Mit zitternden, eiskalten Händen griff sie nach der Klinke der Küchentür und sank langsam zu Boden. Um sich herum nahm die junge Frau kaum noch etwas wahr, alles schien sich von ihr zu entfernen.

Auch Minna konnte sich nicht rühren. Sie sah von ihrer Tochter auf ihre Hände und wieder zurück, unschlüssig, was sie als Nächstes tun soll. Die Zeit schien still zu stehen.

»Mami, der Kuchen ist fertig! Mami!«

Luise zog die Beine an ihren Körper, schlang die Arme darum, legte den Kopf auf die Knie und weinte. Sie hatte nicht die Kraft, die Tränen zurückzuhalten, war zu schwach, die Angst vor ihrer zweijährigen Tochter zu verbergen.

»Mami?«

Eine warme Hand, von der feine Sandkörner auf den Boden rieselten, fasste nach Luises Gesicht.

»Mami, traurig?« Die Kleine schob den Kopf zwischen den Knien ihrer Mutter hindurch und zwängte sich auf deren Schoß.

Als wäre sie ein Rettungsanker, klammerte sich Luise an den zerbrechlichen, erhitzten Körper ihrer Tochter. »Ja, mein Schatz, Mami ist traurig.«

»Warum?« Der Blick stahlblauer Augen bohrte sich in das Gesicht der jungen Mutter.

»Ach weißt du, mein Mädchen, auch Mamis müssen manchmal weinen.« Unfähig, dem Kind zu erklären, dass etwas Furchtbares geschehen war, sah Luise zu Minna, während Charlotte sich fester an sie schmiegte.

»Was sollen wir jetzt tun? Ich weiß nicht ...«

Es dauerte einen Moment, bis Luise registrierte, dass ihre Mutter gesprochen hatte. »Geh zu Omi, mein Schatz. Sie ist auch ganz traurig.« Vorsichtig schob sie ihr Töchterchen vom Schoß.

Charlotte kletterte auf die Knie ihrer Großmutter und schlang beide Arme um deren Hals. »Oma nicht weinen!«

Irgendwie schaffte Luise es, wieder auf die Beine

zu kommen. Sie lief auf ihre Mutter zu, nahm ihr den zerknüllten Brief aus der Hand und las die Zeilen, vor denen sie sich so sehr gefürchtet hatte.

Kriegsgefangenenlager   108   –
Stalingrad-Beketowka, 4. Januar 1944

Sehr geehrte, gnädige Frau Seidenstücker!

Als Kompanieführer und Freund ihres Mannes obliegt mir die traurige Aufgabe, Sie vom Tode ihres geliebten Gatten zu unterrichten. Mit schwerem Herzen muss ich Ihnen mitteilen, dass er in der letzten Nacht den Verletzungen erlegen ist, die er sich in Erfüllung seiner soldatischen Pflicht getreu dem Fahneneide im Kampf für Volk und Vaterland bereits im vergangenen Jahr in der Schlacht um Stalingrad zugezogen hat. Hunger und Kälte im Lager 108 haben meinen treuen Freund geschwächt, dass er dem

Kampf gegen den Brand nichts mehr entgegenzusetzen hatte. Die verbliebenen Kammeraden der Kompanie werden ihn stets in ehrendem Angedenken bewahren.

Vielleicht ist Ihnen die Gewissheit ein Trost, dass Friedrich sein Leben für den Bestand und die Größe von Führer, Volk und Reich gegeben hat.

Er wurde hier in Stalingrad am Rande des Lagers 108 von seinen Kameraden verabschiedet und in aller Stille beigesetzt.

In der Hoffnung, dass sie Trost im Kreise Ihrer Familie finden, verbleibe ich

mit freundlichen Grüßen und aufrichtigem Mitgefühl.

Ihr Wolfram Kramer
Oberstleutnant und Kompanieführer

Luise faltete die Nachricht vorsichtig zusammen

und versuchte, die Knitterfalten im Papier glattzustreichen. Dann lief sie zu der kleinen Zigarrenkiste, in der ihre Mutter all die Briefe ihres Vaters aufbewahrte, und legte das gefaltete Pergament vorsichtig darauf, als wäre es ein kostbarer Schatz. Genauso behutsam stellte sie das Holzkästchen zurück auf die Anrichte, wischte sich die Tränen von den Wangen und wandt sich ihrer kleinen Tochter zu. »Möchtest du eine Tasse Milch trinken?«

Charlotte rutschte an den Beinen ihrer Großmutter herunter und hopste aufgeregt durch die Küche, während sie das Wort ›Milch‹ in verschiedenen Tonhöhen vor sich hin trällerte.

Noch einmal Kind sein und so unbeschwert, schoss es der jungen Mutter durch den Kopf. Sie setzte den Milchtopf auf den Herd, außerdem den Flötenkessel, um sich und Minna einen Kaffee zu kochen.

Wenig später saßen die drei weiblichen Vertreterinnen der Familie um den Küchentisch versammelt, jede ihren Gedanken nachhängend und das Getränk, das vor ihnen stand, trinkend. Sogar Charlotte saß schweigend vor der Tasse und zeichnete mit den Fingerchen die Blumen auf der Tischdecke nach.

Als sie die Kleine beobachtete, wurde Luise von einer Welle von Traurigkeit erfasst. »Er wird sie nie kennenlernen.« Ein Schluchzen entrang sich ihrer Kehle. Mit einem Schlag wurde ihr das Ausmaß ihres Verlustes bewusst. »Er wird nie das Kind in den Armen halten, das ich unter dem Herzen trage.« Weinend brach sie zusammen. Verzweifelt verbarg sie den Kopf in den Händen und weinte all die Tränen, die sie bis eben mühsam zurückgehalten hatte.

Minna erhob sich, umrundete den Tisch und schlang die Arme um ihre Tochter. In Trauer um den geliebten Menschen vereint, den sie beide verloren haben, gaben sie sich gegenseitig Halt.

Wildes Klopfen unterbrach diesen Moment. Quietschend schob sich Charlotte vom Stuhl und rannte in Richtung Haustür.

Kurze Zeit später kehrte sie an der Hand der kleinen Brigitte, gefolgt von deren Mutter, die ihren Jüngsten auf der ausladenden Hüfte balancierte, zurück.

Auch Erna schien schlechte Nachrichten mitzubringen, zumindest verriet ihre Miene das.

»Wolfgang, geh mit deiner Schwester und Charlotte in den Garten! Ich muss mich mit Tante Minna unterhalten.« Um ihren Worten noch mehr Ausdruck zu verleihen, schob sie ihren Sohn in Richtung Flur. Als die Kinder nach draußen verschwunden waren, schloss sie die Küchentür. Dann musterte sie die beiden Frauen. »Friedrich?«

Noch bevor Minna oder Luise nicken konnten, lief Erna mit ausgebreiteten Armen auf ihre Nachbarinnen zu und zog sie in eine nicht enden wollende Umarmung. Sie wusste, dass die beiden jeden Tag des vergangenen Jahres mit dem

142

Schlimmsten gerechnet hatten, weil monatelang kein Brief eingetroffen war. »Es tut mir ja so leid. Was ist passiert? Setzen wir uns!« Völlig selbstverständlich übernahm Erna das Ruder, holte sich eine Tasse aus dem Schrank, stellte sie zu den anderen auf den Küchentisch und goss sich ein. Dann wartete sie, bis Minna stockend und mit rauer Stimme zu erzählen begann.

Erna hörte aufmerksam zu, bis ihre Freundin lautstark in ihr Taschentuch schniefte. »Es tut mir so leid. Wenn es irgendetwas gibt, was ich für euch tun kann, sagt es mir!«

Luise, die bisher nur schweigend zugehört hatte, schob abrupt ihren Stuhl nach hinten, sprang auf, zog das Gestell mit den beiden riesigen Emailleschüsseln unter dem Tisch hervor und räumte das Geschirr hinein. »Das Schlimmste ist, dass er in der Fremde verscharrt wurde. Wir können ihn nicht hier auf dem Friedhof begraben, wo wir ihn besuchen könnten. Er ist gestorben, ohne jemals meinen Mann kennengelernt zu haben, ohne seine Enkel auf dem Schoß gewiegt zu haben. Das ist alles so ...«

»... ungerecht?« Erna griff nach dem Topflappen, nahm den Flötenkessel vom Herd und goss das heiße Wasser über das Kaffeegeschirr in der Schüssel.

Aufgebracht nickte die junge Frau. »Ich bin so wütend! Dieser Krieg ist so sinnlos, all die Opfer, all die Qualen!«

»Da hast du vollkommen Recht. Die Politiker

rufen zur Schlacht, ausgetragen wird sie jedoch auf dem Rücken der kleinen Leute. Das war schon immer so, das lehrt uns die Geschichte. Dennoch darfst du diese Worte nie in der Öffentlichkeit aussprechen, wenn du nicht, gemeinsam mit Mann und Kind, in einem der Lager interniert werden willst, die wie Pilze aus dem Boden sprießen.« Mit ernstem Blick musterte Erna ihr Gegenüber. Der kurz aufblitzende trotzige Ausdruck in ihren grünen Augen verriet ihr, dass sie gewiss noch einige Worte des Widerstands parat gehabt hätte.

Ein durchdringender Schrei ließ alle drei Frauen zusammenzucken. Luise war die Erste, die, dem Hilferuf folgend, aus der Küche rannte. Erna und Minna folgten ihr.

Im Garten angekommen, bot sich ihnen ein bemitleidenswerter Anblick. Charlotte und Wolfgang zerflossen beide in Tränen, während Brigitte damit beschäftigt war, ihren kleinen Bruder zu tadeln.

Erleichtert nahm Luise wahr, dass keines der Kinder verletzt war, was der Schrei durchaus impliziert hatte. »Was ist denn los?«

Charlotte rannte zu ihrer Mutter, klammerte sich an deren Bein und heulte weiter.

Zwischendurch meinte Luise, Worte wie ›böse‹, ›Kuchen‹ und ›Wolfgang‹ zu verstehen. Offenbar hatte der Junge den Sandkuchen ihrer Tochter zerstört. »Du kannst doch einen neuen Kuchen backen und Brigitte hilft dir dabei. Was meinst du?«

Erna packte ihren Sohn beim Hosenboden und schob ihn in Richtung des Sandhaufens. »Und dieser Schlawiner wird sich bei Charlotte entschuldigen. Gib ihr die Hand und sag, dass es dir leidtut!« Der scharfe Unterton in Ernas Worten ließ keinen Widerstand zu. Die Kinder reichten sich die Hand, sodass der Aufruhr in kürzester Zeit vergessen war. Wenig später saßen alle drei wieder einträchtig im Sand und spielten unter der Aufsicht der Frauen zusammen.

Wenn es doch im wahren Leben nur ebenso einfach wäre, schoss es Erna durch den Kopf. Seufzend wandt sie sich an Minna und Luise. »Eigentlich war ich gekommen, um euch von dem Angriff auf Langensalza zu berichten. Die Postfrau, deren Mann dort am Güterbahnhof arbeitet, hat mir davon erzählt.«

Erschrocken griff sich Minna an die Brust. »Weiß man Genaueres?«

»Es heißt, dass die Amerikaner einen Luftangriff geflogen sind und zahlreiche Brandbomben abgeworfen hätten. Dabei ist das Viertel um den »Weißen Schwan« zerstört worden. Konkrete Opferzahlen sind nicht bekannt, nur, dass es mindestens zehn Tote zu beklagen gibt.«

»Oh mein Gott! Wir haben davon noch nichts gehört.« Panik ergriff Luise. »Der Krieg rückt näher. Niemand ist mehr sicher. Wenn das so weiter geht, werden auch die letzten Männer, die bisher ausgemustert worden sind, und die Buben

145

der Hitlerjugend rekrutiert und sterben genauso einen sinnlosen Tod, wie all die Soldaten vor ihnen.« *Was wird dann aus Ernst? Was wird aus mir und den Kindern?* Die junge Frau strich sich über den Bauch, in dem ein neues Leben heranwuchs. Angst schnürte ihr die Kehle zu. Anfang des Jahres hatte man ihren Mann vor die Wahl gestellt, noch in diesem Jahr entweder in einem der Häuser unter der Leitung von Doktor Stein oder in der tropenmedizinischen Abteilung des Robert-Koch-Instituts, die aus Berlin nach Pfafferode verlegt wurde, zu arbeiten. Wenn nicht, sollte er gemeinsam mit mehreren anderen Pflegern der Klinik den Dienst an der Front antreten. Luise hatte ihn angefleht, bei ihr und Charlotte zu bleiben. Er blieb.

Müde und erschöpft schloss Ernst die Haustür auf und sah, dass Licht durch den Spalt unter der Küchentür hindurchschien. Neugierig öffnete er die Tür und fand seine Frau in Nachthemd und Morgenrock, am Küchentisch sitzend vor. Sie hielt eine Tasse in der Hand, dem Geruch nach handelte es sich um Pfefferminztee. Auch für ihn hatte sie eine Teetasse bereitgestellt.

Als er eintrat, sah Luise erschrocken auf. Er erkannte Schmerz und Trauer in ihrer Miene. Ihr Gesicht war verquollen vom vielen Weinen.

Noch bevor sie etwas sagen konnte, stand er vor ihr und zog sie in die Arme. In diesem Moment war die Müdigkeit vergessen, all seine Gedanken galten ihr. »Mein Herz, ich bin da.«

Er spürte das Beben, das ihren Körper erfasste und hielt sie noch fester. Eigentlich hatte er vorgehabt, Luise davon in Kenntnis zu setzen, lieber dem Ruf der Front zu folgen, als weiterhin in der Klinik arbeiten zu müssen. Er war es so leid, mit anzusehen, was dort vor sich ging und nichts dagegen unternehmen zu können. Ernst fühlte die Schuld, die er jeden Tag auf sich lud, und konnte es einfach nicht mehr ertragen. Nun, da er Luise in den Armen hielt, brachte er es nicht übers Herz, ihr noch weiteren Kummer zu bereiten. Er griff nach dem schmalen Kinn seiner Frau und zwang sie so, ihn anzusehen. »Willst du mir erzählen, was passiert ist?« Seen von Tränen schwammen in ihren Augen, um sich kurz darauf erneut in Sturzbächen über Luises Wangen zu ergießen.

»Mein Vater ist tot.«

Die Endgültigkeit dieser Worte ließ ihn erschauern. Allen bisherigen Befürchtungen zum Trotz hatte Ernst immer noch gehofft, ihren Vater kennenlernen zu dürfen, ihn nachträglich persönlich um die Hand seiner Tochter bitten zu können. In seinen Tagträumen hatte er sich ausgemalt, wie er mit Friedrich gemeinsam im Garten oder der Werkstatt arbeiten, abends nach erledigtem Tagwerk unter dem Kirschbaum auf dem Hinterhof sitzen, ein Bier mit seinem Schwiegervater trinken und viele andere Dinge tun würde.

Der Traum von einer friedlichen Zukunft im Kreise der Familie war mit diesem einen Satz zerplatz wie eine Seifenblase. Ernst konnte den Kummer seiner Frau nachfühlen, war doch sein eigener Vater schon zu Beginn des Krieges vor beinahe vier Jahren vor Sedan gefallen. Damals war für ihn eine Welt zusammengebrochen, denn außer seiner Großmutter gab es nun niemanden mehr.

Er schob Luise in Richtung Tisch, setzte sich auf den Stuhl und zog sie auf seinen Schoß, um sie zärtlich in den Armen zu wiegen. Das war alles, was er für sie tun konnte. All die Gedanken, die er sich in den letzten Wochen gemacht hatte, die Entscheidung, zu der er in den vergangenen Tagen gekommen war, waren nun unwichtig.

Wie sollte er Luise jetzt allein zurücklassen? Ernst seufzte und zog die Liebe seines Lebens noch fester in die Arme. *Ich werde bleiben.*

Kapitel 10 – Pfafferode, 12. Mai 1944

Luise war gerade dabei, die Briefpost in die Unterschriftenmappe für Herrn Direktor Stein, der als Nachfolger von Doktor Schroth seit mehr als einem Jahr diesen Posten bekleidete, einzusortieren, als das Geheul einer Sirene in ertönte. *Fliegeralarm!* Eilig erhob sie sich und lief in Richtung Schreibbüro, um zu sehen, ob ihre Freundin Elsbeth sich ihr anschließen würde.

Die junge Frau wartete bereits auf sie. Gemeinsam eilten die beiden die Treppen in den Keller hinunter, was sich etwas schwieriger gestaltete, weil Luise, die mittlerweile im siebenten Monat schwanger war, einen kleinen Bauch vor sich herschob. Sie kam sich vor wie eine schwerfällige Ente und rang nach Luft, als sie sich endlich im Luftschutzkeller auf eine Bank setzen konnte. Das Kind musste die Aufregung spüren, denn es trat wild um sich und versetzte Luise den einen oder anderen härteren Tritt in die Leber.

»Du meine Güte!« Elsbeth sah auf die Beulen, die unter der Bluse ihrer Freundin entstanden und wieder verschwanden. »Da wächst ein kleiner Sportler in dir heran. Vielleicht ein Turner oder eine Tänzerin?«

Lächelnd rieb Luise ihren Bauch, in der Hoffnung, so das Kind ein wenig beruhigen zu können. »Ich werde froh sein, wenn das Baby da ist. Es vergeht kaum eine Nacht, in der ich nicht geschlafen habe.«

Luise wusste, dass Elsbeth, die mittlerweile mit Gustav verheiratet war, seit Jahren erfolglos versuchte, schwanger zu werden. Sie konnte sich gewiss nicht vorstellen, dass dieses Wunder eine Belastung darstellen könnte. Schließlich ist es doch die Aufgabe der Frau, gesunden Nachwuchs zu gebähren und zu einem wertvollen Mitglied der Gesellschaft zu erziehen. In der Hinsicht hatte Elsbeth so manches Mal verständnislos reagiert.

Durch ein leises Grollen und das Flackern der einzigen Glühbirne in dem mittlerweile übervollen Keller wurde Luise aus ihren Grübeleien gerissen.

»Hoffentlich können wir bald wieder hier raus.« Angst ergriff Besitz vom Körper der jungen Frau. »Ich bete dafür, dass keine Menschen umkommen.« Der nächste Gedanke galt Charlotte und ihrer Mutter. *Bitte, lieber Gott, mach, dass sie in Sicherheit sind!*

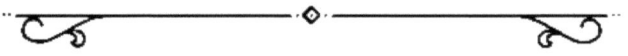

Am späten Nachmittag eilte Luise das Lindenbühl hinunter, um Charlotte pünktlich aus dem Kindergarten abzuholen. Unterwegs hatte sie Bekannten begegnet, die ihr berichten konnten, dass insgesamt fünf Sprengbomben abgeworfen worden waren, die allesamt in unbebautes Gebiet eingeschlagen waren. Getroffen wurden Flure nördlich der Kirche von Görmar, südwestlich der Thomasquelle und die Feldflur zwischen

Böhntalsweg und Felchta. Kein Mensch wurde verletzt oder getötet.

In der Kindertagesstätte angekommen, hielt Luise auf den Gruppenraum zu, in dem sie Charlotte vermutete. Sie war wirklich spät dran.

»Da sind sie ja endlich!« Die Erzieherin wirkte erleichtert, als sie die junge Mutter an der Eingangstür entdeckte.

»Es tut mir leid. Der Fliegeralarm ...« Mit suchendem Blick sah Luise sich um, konnte aber ihr Töchterchen nicht entdecken. Lediglich ein blondes Bürschchen saß auf dem Spielteppich und ließ ein Holzauto darüber sausen.

»Das ist jetzt gleich. Bitte folgen sie mir!« Sie wies den Jungen an, brav zu sein, und schälte sich an der Mutter vorbei durch den Eingang. »Kommen Sie!«

Eiseskälte kroch Luises Nacken empor und ließ ihre Kopfhaut kribbeln. Raschen Schrittes folgte sie der Frau in das Zimmer der Direktorin der Tagesstätte. Dort stand ein Gitterbettchen, in dem ihre Tochter schlief. Hastig durchquerte sie den Raum, ohne auf die sauertöpfige Miene der Kindergartenleiterin zu achten. »Charlotte, Schätzchen! Mach die Augen auf! Mami ist da.« Die rotblonden Löckchen klebten feucht an der Stirn des Mädchens. Luise legte ihre Hand darauf und erstarrte vor Schreck. »Sie hat Fieber! Wie lange liegt sie schon hier?«

Die Erzieherin, die an der Zimmertür stehengeblieben war, schüttelte besorgt den Kopf.

»Am Morgen war noch alles in Ordnung. Charlotte hat mit den anderen Kindern gespielt. Heute Mittag wollte sie ihr Essen nicht aufessen. Da wirkte sie schon etwas angeschlagen. Sie hat dann ungewöhnlich lange Mittagsschlaf gehalten. Als ich sie geweckt habe, fiel mir auf, dass sie sich ganz heiß anfühlte. Deshalb habe ich die Direktorin gebeten, sie zu isolieren.«

Aufgebracht drehte sich Luise zu der Leiterin um. »Sind noch mehr Kinder krank?«

Nachdem die Frau die Erzieherin in den Gruppenraum zurückgeschickt hatte, setzte sie sich ganz geschäftsmäßig an ihren Schreibtisch. »Heute Morgen habe ich zwei Buben wieder mit ihren Müttern nach Hause geschickt, weil sie kränklich aussahen.«

»Wissen sie, ob eine Kinderkrankheit in Mühlhausen die Runde macht?«

Die Frau schüttelte den Kopf. »Mir ist bisher nichts bekannt geworden. Vielleicht sollten sie mit Charlotte einen Kinderarzt aufsuchen.«

»Es ist Freitag Nachmittag, da ist keine Praxis mehr geöffnet.«

Die Direktorin zeigte sich unbeeindruckt. »Dann versuchen sie es im Krankenhaus.«

Luise versuchte erneut, ihre Tochter zu wecken. Die Kleine öffnete aber nur kurz die Augen, sah mit glasigem Blick ins Nichts und schlief sofort wieder ein. *Was mache ich denn jetzt?* Charlotte bis in die Schaffentorstraße zu tragen, erschien der jungen Mutter unmöglich. Nochmals wandte sie sich an die Tagesstättenleiterin. »Sie haben nicht zufällig einen Kinderwagen, den ich mir ausleihen kann?«

Emotionslos schüttelte die Frau erneut den Kopf. Es schien sie nicht im Geringsten zu interessieren, wie Luise ihre Tochter nach Hause schaffen würde. Beherzt griff die junge Mutter nach ihrem Kind, hievte sie aus dem Gitterbettchen und setzte sie ungeschickt auf ihre Hüfte. Das Köpfchen bettete sie auf die Schulter, ein Bein hielt sie über ihrem ausladenden Schwangerschaftsbauch fest. Mit einem ›Heil Hitler‹ verabschiedete sie sich und verließ den Raum.

Bereits die wenigen Stufen in das Erdgeschoss des Hauses raubten Luise die Kräfte. Schwerfällig setzte sie sich auf eine Blockstufe vor dem Kindergarten und hielt Charlotte, deren kleiner Körper glühte, in den Armen. Sie suchte fieberhaft nach einer Lösung für die Situation. Vielleicht sollte sie solange hier warten, bis ihre Mutter bemerkte, dass etwas nicht stimmte und sie hier suchen würde. Das konnte aber noch eine Weile dauern, während Charlotte doch schnellstmöglich Hilfe benötigte.

Kurzentschlossen erhob sie Luise, die puddingweichen Knie ignorierend, den Körper ihrer kleinen Tochter fest an sich gepresst und lief in Richtung Brunnenkressstraße. Bereits auf dem Untermarkt wurde das Gefühl der Kraftlosigkeit so übermächtig, dass sie sich taumelnd gegen eine Hauswand lehnte.

»Frau Schramm, geht es ihnen nicht gut?«

Die Stimme des Mannes klang wie Musik in den Ohren der jungen Mutter. Als sie sich umdrehte, sah sie direkt in das besorgte Gesicht eines Arbeitskollegen von Ernst. »Herr Weber, sie kommen wie gerufen.«

»Wie kann ich behilflich sein?«

»Charlotte hat Fieber, ich bekomme sie kaum wach. Sie ist mittlerweile zu schwer geworden, um sie so weit zu tragen, zumal ich ...« Sie deutete auf ihren Bauch.

»... ich verstehe. Na dann lassen sie mich mal!« Scheinbar mühelos hob er das Kind auf seine Arme. »Kommen sie! Je eher wir die Kleine nach Hause bringen, umso schneller geht es ihr besser.«

Als Ernst nach dem Dienst um beinahe Mitternacht heimkam, fand er Luise und seine Schwiegermutter in ihrem Schlafzimmer neben dem Kinderbettchen vor. Beide waren damit beschäftigt, die Beinchen von Charlotte mit Wadenwickeln zu versehen.

Minna war die Erste, die mitbekam, dass Ernst nach Hause gekommen war. »Gut, dass du kommst. Die Kleine hat die Masern. Wir konnten Frau Doktor Mannkopff, die Kinderärztin aus der Eisenacher Straße, für einen Hausbesuch gewinnen. Sie hat uns die weißen Flecken in ihrem

Mund gezeigt und gemeint, dass der Ausschlag in wenigen Tagen einsetzen würde.«

Als Ernst näher treten wollte, hielt Luise ihn mit einer Handbewegung auf. »Vorsicht! Die Ärztin sagte, dass die Masern hochansteckend sind.«

Der junge Vater ließ sich nicht aufhalten. »Keine Sorge, ich hatte die Masern, als ich drei Jahre alt war. Meine Großmutter hat nicht versäumt, mir bei jeder Gelegenheit zu erzählen, wie furchtbar ich ausgesehen haben musste und wie unleidlich ich damals war. Was ist mit dir?«

»Ich war fünf, richtig?« Luise blickte ihre Mutter fragend an.

»Stimmt.«

Als er seine Frau genauer betrachtete, fielen ihm die dunklen Schatten unter ihren Augen auf. »Du solltest dich ein wenig hinlegen. Ich kann dich hier ablösen.« Er nahm Luise eines der feuchten Tücher aus der Hand und half ihr, sich aufzurichten.

Dankbar hauchte sie ihm einen Kuss auf die Wange. »Um sechs hat sie Novalgintropfen bekommen. Die Ärztin hat betont, dass wir ihr nur alle acht Stunden erneut von der Medizin geben dürfen.«

»Ich bin Krankenpfleger, schon vergessen?« Lächelnd sah er auf Luise hinunter. »Na los, geh schon, du auch, Mutter. Ihr seht beide aus, als würdet ihr jeden Moment umfallen.«

Als Minna sich ins Bett verabschiedet hatte, erzählte Luise ihrem Mann, was sich am Nachmittag zugetragen hatte. »Du darfst nicht versäumen, Herrn Weber nochmal von mir zu danken. Ohne ihn wäre ich unterwegs zusammengebrochen.«

»Das werde ich. Gott sei Dank hat er dich entdeckt. Nicht auszudenken ...« Er sprach den Satz nicht zu Ende, konnte sich aber bildlich vorstellen, wie das Ganze hätte ausgehen können. »Vielleicht sollte ich noch etwas kaltes Wasser holen, während du dich bettfertig machst.« Er griff nach der Schüssel und schickte sich an, hinauszugehen, als ein unmenschlich klingender Schrei ihn auffahren ließ. Mit einem Sprung war er am Bettchen seiner Tochter und musst mit ansehen, wie sie blau anlief und sich am ganzen Körper versteifte.

»Sie stirbt, sie stirbt! Tu doch was!« Luise wollte nach Charlotte greifen, wurde aber von ihrem Mann zurückgehalten.

»Es ist ein Anfall, ein Fieberkrampf.« Als er die Worte ausgesprochen hatte, löste sich die Starre, um kurz darauf das Kind am ganzen Körper zu schütteln. Die Ärmchen und Beinchen zuckten rhythmisch, während blutiger Schaum mit dem stoßweise aus dem Mund weichenden Atem aus dem Mundwinkel des Mädchens lief. »Sie muss sich auf die Zunge gebissen haben.«

Ernst polsterte die Gitterstäbe des Bettchens mit Decken ab, damit Charlotte sich nicht verletzte. Die Zuckungen wurden langsamer und nahmen an Intensität ab, bis das Kind absolut regungslos in seinem Bett lag. Der Gestank von Urin und Stuhl drang an die Nase des jungen Vaters. »Wir müssen sie waschen und umziehen.« Es sah zu Luise, die mit weit aufgerissenen Augen, vollkommen erstarrt neben ihm stand. Sie musste zu Tode erschrocken sein, dachte er. »Es war nur ein Fieberkrampf. Sowas kommt vor. Zieh unser Mäuschen aus! Ich hole Wasser zum Waschen.« Mit einem letzten Blick auf das friedlich schlafende Kind verließ er das Zimmer.

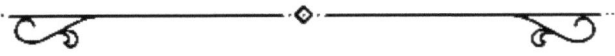

»Sie sieht aus wie ein kleiner Teufel.« Luise saß neben ihrer Mutter auf der Bank im Garten hinter dem Haus und beobachtete Charlotte dabei, wie sie im Sand spielte.

Mittlerweile waren zehn Tage vergangen, seit die Kleine diesen schrecklichen Krampfanfall erlitten hatte. Gott sei Dank war Ernst zur Stelle gewesen und wusste, was zu tun war. Sie selbst dachte, das Kind stirbt und war nicht fähig, irgendetwas zu unternehmen, um ihm zu helfen. Noch nie in ihrem Leben hatte sie sich so nutzlos gefühlt wie in jener Nacht.

Nun ging es Charlotte besser. Ein roter großfleckiger Ausschlag, der am gestrigen Tag hinter den Ohren begann, hatte sich über Nacht am ganzen Körper des Kindes ausgebreitet. Das rotblonde Haar vervollständigte das Bild und ließ das Kind aussehen, als würde es in Flammen stehen.

Das Fieber war abgeklungen. Die Ärztin meinte jedoch, dass sie ein weiteres Mal mit Temperaturen rechnen müssten, wenn der Ausschlag auftrete. Luise war gerüstet. Sie hatte in der Apotheke Fiebermittel gekauft.

Langsam verschwand die Sonne hinter den Baumkronen des großen Kirschbaums, der mitten im Garten stand. Minna erhob sich und rief nach Charlotte, die ganz in ihr Spiel vertieft war.

Als sie beim nächsten Ruf immer noch nicht reagierte, lief Luise zu der Kleinen, die sich sichtlich erschrak, als ihre Mutter plötzlich hinter ihr stand. »Komm mein Schatz, wir wollen reingehen und das Abendessen vorbereiten.« Sie hielt dem Kind die Hand entgegen, die es lächelnd ergriff. Gemeinsam gingen die beiden in Richtung der Hoftür.

»Charlotte, klopf den Sand von deinem Kleidchen!« Minna räumte die Sandförmchen zusammen und wartete darauf, dass das Mädchen der Aufforderung nachkam.

Luise blieb stehen und sah zu dem Lockenkopf hinunter. »Mach, was Omi gesagt hat, wir wollen nicht den ganzen Sand mit ins Haus tragen.«

Lächelnd sah Charlotte ihre Mami an, folgte aber abermals der Aufforderung nicht.

Schwerfällig, den ausladenden Bauch vor sich her balancierend, ging die junge Mutter in die Knie und sah ihre Tochter erwartungsvoll an.

Minna, die in der Zwischenzeit fertig aufgeräumt hatte, trat hinter das Kind, das sich erschreckte.

»Hat sie mich nicht kommen gehört?«

Luise erbleichte. »Ich glaube, sie hört gar nichts. Kannst du irgendwas zu ihr sagen?«

»Charlotte, Schätzchen, komm her zu Omi, ich helfe dir.«

Erwartungsvoll blickten beide Frauen das Mädchen an, das abermals nicht reagierte.

Als Minna sah, dass Luise am ganzen Körper zitterte, legte sie ihr beruhigend die Hand auf die Schulter. »Sicher ist es nur ein Katarrh an den Ohren. Das hattest du als Kind auch öfter.«

»Meinst du?« Sie schöpfte Hoffnung durch die Worte ihrer Mutter. Wahrscheinlich hatte sie Recht. Luise klopfte den Sand von Charlottes Kleid, half ihr beim Händewaschen im Regenfass neben der Tür und trocknete die nassen Fingerchen an der Schürze ab, die sie zuhause immer trug.

»Meinst du nicht, wir sollten die Kinderärztin noch einmal aufsuchen und danach befragen?« Verunsichert sah Luise zu ihrer Mutter.

»Das ist keine schlechte Idee. Aber heute ist die Sprechstunde in der Praxis bereits vorbei. Wenn du möchtest, kann ich morgen früh mit ihr hingehen. Du wolltest doch wieder arbeiten gehen?«

»Das hatte ich vor. Direktor Stein ist nicht so nachsichtig mit mir, wie Doktor Schroth, wenn es um private Angelegenheiten geht. Ich habe das Gefühl, dass er irgendetwas gegen mich hat.«

Minna runzelte die Stirn und machte mit ihrer Hand eine abwinkende Geste. »Das bildest du dir bestimmt nur ein. Er wird deine Arbeit gewiss genauso zu schätzen wissen wie sein Vorgänger.«

»Das mag sein, obwohl ich mittlerweile skeptisch geworden bin, ob all die Dinge, die mir von Doktor Schroth und ihm erzählt worden sind, wirklich wahr sind. Du erinnerst dich an die Geschichte mit Herrn Petzold und dem Ring seiner Mutter? Ich verstehe bis heute nicht, warum der Direktor damals so getan hat, als wüsste er von nichts, als ich ihm von der Anzeige des Mannes erzählt habe. Er hat mich eiskalt belogen und wer weiß, über was er noch die Unwahrheit gesagt hat. Vielleicht hat der neue Klinikdirektor bemerkt, dass ich nicht so naiv und leichtgläubig bin.«

»Hast du ihm denn irgendeinen Anlass gegeben, deine Arbeit zu kritisieren?«

Kopfschüttelnd sah die junge Frau zu ihrer Mutter. »Nein. Trotzdem würde ich am liebsten nicht mehr dort hingehen. Dann hätte ich auch mehr Zeit für Charlotte und in wenigen Wochen für das Baby.«

Kapitel 11 – Mühlhausen, 7. Juni 1944

Schweißgebadet und keuchend erwachte Ernst aus dem Schlaf. Schwer atmend setzte er sich auf und wischte sich die Schweißperlen aus dem Gesicht. Luise musste mitbekommen haben, dass etwas nicht stimmte, denn sie knipste die Nachttischlampe an.

»Hab ich dich geweckt? Das tut mir leid.«

Verwundert sah sie zu ihrem Mann. »Du hast geschrien!«

»Geschrien?«

»Ja. Hast du schlecht geträumt?«

»So kann man es auch nennen.« Wutschnaubend sprang Ernst aus dem Bett, lief zum Fenster und öffnete es. Von draußen strömte kalte Nachtluft ins Zimmer und kühlte den Schweißfilm auf dem Körper des jungen Mannes. Er atmete mehrmals tief durch, bevor er ins Ehebett zurückkehrte.

Zärtlich schlang Luise die Arme um seine Brust und schmiegte sich, soweit es ihr Bauchumfang zuließ, an ihn. »Willst du mir erzählen, was dich so quält? Ich kenne dich seit Wochen kaum wieder, du bist so in dich gekehrt.«

»Ich möchte dich nicht damit belasten. Du hast doch hier mit Charlotte genug zu tun.«

Das stimmte wohl. Seit dem Kinderarztbesuch vor zwei Wochen war nichts mehr, wie es einmal war. Frau Doktor Mannkopff hatte sie mit der Kleinen zum HNO-Arzt weitervermittelt, der ihre Ohren spiegelte und meinte, dass ein Erguss auf beide Trommelfelle drücken würde. Luise war vor die Tür geschickt worden und hatte von draußen mitanhören müssen, wie Charlotte Himmel und Hölle zusammenschrie. Der Arzt hatte mit einer Kanüle die Trommelfelle durchstoßen, damit die Flüssigkeit dahinter herauslaufen konnte. Wenige Tage später war Luise erneut mit ihrer Tochter dort vorstellig, die Ergüsse waren weg, aber das Mädchen hörte immer noch nicht. Der Doktor empfahl ihr, Charlotte in der Ohrenklinik in Erfurt vorzustellen. Luise war jedoch hin- und hergerissen, ob sie das tun sollte. Sie hatte sich auch mit Ernst beratschlagt, der ebenso unschlüssig war wie sie selbst. Ein Kind, das nicht hörte, entsprach nicht dem Ideal der Volksgesundheit und würde zu einer Belastung für Volk und Vaterland werden. Die Ärztin hatte angedeutet, dass Charlotte möglicherweise zu den jämmerlichen Kindern gehören könnte, die als unheilbar galten. Von einem Elend, das auf Vererbung beruht, wollte sie in diesem Fall nicht sprechen, da das Mädchen ja kurz zuvor an Masern erkrankt war. Da komme solch eine Komplikation schon einmal vor. Also vertrauten sie darauf, dass der Hörverlust nur vorübergehend sein würde.

Luise spürte den wilden Herzschlag ihres Mannes an ihrer Wange. Noch immer atmete er schwer. »Bitte sag mir, was dich bedrückt. Wie soll ich dir denn sonst helfen?«

»Du kannst mir nicht helfen. Niemand kann das, glaub mir.«

Die Bitterkeit ließ Luise aufhorchen. »So etwas darfst du nicht sagen! Du machst mir Angst!« Sie lehnte sich zurück, setzte sich im Schneidersitz so in Position, dass sie ihm direkt gegenüber saß, und wartete darauf, dass er sie ansah.

»Ich habe mich versündigt, Luise. Gegen die Menschen, ... gegen Gott. Meine Seele wird für immer im Höllenfeuer schmoren.«

»Aber wie kommst du ...«

»... Ich bin ein Verbrecher. Ich bin schuld, dass Menschen sterben. Ich habe dabei geholfen, sie zu töten, jeden Tag aufs Neue.«

Die Heftigkeit seiner Worte erschreckten Luise zutiefst. »Ich verstehe nicht ...«

»... Wie solltest du auch? Für dich ist die Welt doch vollkommen in Ordnung!«

Entsetzt wich die junge Frau zurück. Es fühlte sich an, als hätte er sie geohrfeigt. Wie konnte er nur so ungerecht sein? Nichts war in Ordnung! Ihre Tochter war aller Wahrscheinlichkeit nach taub und niemand würde etwas dagegen tun können. Und wie sollte sie auch wissen, was in Ernst vorging. Nie erzählte er von den Dingen, die ihn bedrückten. Das Kind in ihrem Bauch trat wild um sich. Um es zu beruhigen, massierte sie die Stellen, die sich in Abständen nach außen wölbten.

»Lass uns noch etwas schlafen.« Ernst machte Anstalten, sich wieder hinzulegen.

»Nein!«

»Wie bitte?«

»Nein. Ich möchte, dass du mir sagst, was dich bedrückt. Du kannst mir nicht erzählen, dass du ein Mörder bist und mir unterstellen, dass du mir egal wärst und dich dann seelenruhig wieder hinlegen. Also raus jetzt mit der Sprache!« Die letzten Worte schrie sie ihm ins Gesicht, sodass sie sah, wie er überrascht die Augenbrauen hochzog.

»Was ist, wenn das dein Bild von mir zerstört, wenn du nicht mehr mit mir zusammenleben möchtest?« Verzweiflung spiegelte sich in seinen Gesichtszügen.

»Niemals.«

»Also gut.« Stockend begann Ernst zu erzählen. »Ich habe Gustav vor einigen Wochen gebeten, mich aus dem Haus, in dem ich bis dahin gearbeitet habe, zu versetzen. Es ist eines von jenen, die Direktor Stein unterstellt sind. Ich konnte es einfach nicht mehr ertragen, Tag für Tag die ausgemergelten Körper zu sehen. Die Patienten sind allein mit ihrer Krankheit genug gestraft, nun aber sollte ich dabei zusehen, wie sie verhungern, musste gemeinsam mit dem Arzt der Station Buch darüber führen, was für Symptome in welchem Stadium des Verhungerns auftreten. Diese, wie der Doktor es nannte, ›interessanten Studien‹ seien von größter wissenschaftlicher Bedeutung.« Während Ernst erzählte, schossen ihm blitzartig Bilder von nackten, frierenden, dahinvegetierenden Menschen in den Kopf, an deren Körper kein Gramm Fett mehr zu finden war, bei denen jeder einzelne

Knochen spitz hervorstand und deren Haut schlaff über den kaum noch vorhandenen Muskeln herunterhing. Die Patienten mit ihren aufgetriebenen Bäuchen verfolgen ihn mit ihren tief in den Augenhöhlen versunkenen Augen und vorwurfsvollen Blicken jede Nacht in seinen Träumen.»Ich hatte die Aufgabe, sie zu separieren, einen Teil von ihnen in einen ungeheizten und den anderen in einen beheizten Raum zu sperren, um zu ermitteln, in wieweit die Kälte eine Rolle spielen würde, was die Geschwindigkeit des Todeseintritts betraf. Die Menschen krepierten vor meinen Augen, Luise!« Entsetzt über sein Handeln verbarg Ernst sein Gesicht in den Händen. Als er spürte, dass Luise an ihn heranrutschen wollte, um ihn zu trösten, gebot er ihr Einhalt. »Nein! Bitte! Fass mich nicht an! Ich kann es nicht ertragen!« Um die Worte zu unterstreichen, rückte er noch einige Zentimeter von ihr ab. »Die Ärzte rechtfertigten ihre Studien damit, dass sie dem gesunden Volk und dessen Fürsorge verpflichtet seien. Solange Millionen dafür ausgegeben wurden, dass geistig Minderwertige und asoziale Elemente, wie Vagabunden, Alkoholiker und Prostituierte, mühsam am Leben erhalten würden, sodass Kranken- und Irrenhäuser mit riesigen Geldsummen betrieben werden mussten, bliebe für die geistig und körperlich gesunden Menschen nicht genügend Geld, um für ihre Gesunderhaltung aufzukommen. Der Bodensatz der Bevölkerung gehöre ausgemerzt. Die

165

Erhaltung der Minderwertigen wäre eine Verhöhnung der Natur. Zumindest seien diese Kretins für ihre Studien nützlich. Der ärztliche Direktor hat ein Elektroschockgerät angeschafft, das er regelmäßig zum Einsatz bringt. Du kannst dir nicht vorstellen, wie grausam die Folter mit elektrischen Hieben ist. Die Schreie klingen mir Tag für Tag im Ohr, selbst jetzt, nachdem Gustav meiner Bitte zugestimmt hat, mich aus diesem Totenhaus zu versetzen. Aber es gibt nicht ein Haus, in denen sie nicht Verbrechen gegen die Menschlichkeit verüben. Männer und Frauen werden zwangssterilisiert, um deren ungehemmter Vermehrung entgegenzuwirken. Vor Jahren war das Einverständnis der Betroffenen unabdingbar, heute ist das nicht mehr nötig. Sie betrachten die Tat als einen Akt der Nächstenliebe gegenüber den kommenden Generationen. Stell dir vor, es wurde extra ein Frauenarzt eingestellt, damit man die Patientinnen nicht verlegen muss. Nun kann diese furchtbare Prozedur in der eigenen Klinik durchgeführt werden. Das spare Kosten und sei effektiv.«

Luise sah, wie Ernst beim Erzählen immer blasser wurde. Schweißperlen standen ihm auf der Stirn. Seine Stimme war gebrochen, ebenso wie sein Blick. Durch die Arbeit als Sekretärin der beiden ärztlichen Direktoren in den letzten Jahren hatte sie einen gewissen Einblick erhalten, erahnte jedoch nicht im Geringsten das Ausmaß der Verbrechen, die in der Klinik verübt wurden. Von den

Transporten in Tötungsanstalten hatte sie gewusst. Die waren aber auf Betreiben des Münsteraner Bischofs vor mehr als zwei Jahren gestoppt worden. Die Erfassung der Kranken ging weiter. Der Schrank mit den Z-Akten im Büro des ärztlichen Direktors zeugte davon. Von den Abgründen, die sich in der Heilanstalt auftaten, hatte Luise weiß Gott keine Kenntnis.

Sie konnte es nicht fassen, dass Ernst so lange geschwiegen hatte. Warum hatte er ihr nicht schon viel früher erzählt, was dort vor sich ging? Das war doch alles ein Wahnsinn! Luise überlegte krampfhaft, was sie auf diese Enthüllungen erwidern sollte, aber es fielen ihr beim besten Willen nicht die richtigen Worte ein. Also schwieg sie und wartete darauf, dass Ernst fortfuhr.

Der Drang, aufzuspringen, und sich zu bewegen, wurde übermächtig in ihm. »Ich gehe und hole mir ein Glas Wasser, möchtest du auch eins?« In Erwartung einer Antwort sah der junge Mann Luise an, die schweigend den Kopf schüttelte.

»Wann hast du dich von Gustav versetzen lassen?« Fragend sah Luise in das blasse Gesicht ihres Mannes.

»Vor gut drei Wochen. Ich wollte dir davon erzählen, aber es fand sich keine Gelegenheit. Dann wurde Charlotte krank und ...« Er raufte sich aufgebracht die Haare, dass diese wild von seinem Kopf abstanden. »Wir dürfen gerade jetzt kein Aufsehen erregen. Wenn irgendjemand davon erfährt, dass unsere Kleine nichts hört ...«

»... Aber sagtest du nicht, dass nur Menschen mit Erbkrankheiten unter das Euthanasiegesetz fallen? Außerdem fällt Charlotte niemandem zur Last. Wir kommen für sie auf. Diese armen Kreaturen in Pfafferode haben nicht so viel Glück. Da ist doch gewiss ein Unterschied?« Mit vor Angst weit aufgerissenen Augen wartete Luise darauf, dass Ernst sie beruhigen würde. Ihr Hals fühlte sich an, als läge ein dickes Seil darum, das ihr langsam die Luft abschnürte.

»Gewiss hast du Recht. Dennoch sollten wir auf der Hut sein.«

Seine Antwort verfehlte ihre Wirkung. Luise fühlte sich kein bisschen beruhigt. Sie wechselte das Thema, in der Hoffnung, so zur Ruhe zu kommen.

»In der neuen Abteilung geht es dir dort besser?«

Resigniert starrte Ernst auf seine im Schoß gefalteten Hände. »Eigentlich nicht. Seit Anfang des Jahres ist doch das Institut für Wehrhygiene als Abteilung der Luftwaffe im Haus 23 ansässig. Gustav meinte, dass ich dort wohl besser zurechtkommen würde.«

»Und?«

»Auch dort laufen Versuche mit den Patienten! Sie infizieren sie mit Malaria. Eine Laborantin setzt ihnen einen Holzkasten, der Moskitos enthält, auf die Haut und wartet so lange, bis die Blutsauger sich ans Werk machen. Dann teilen die Mediziner die Infizierten in zwei Gruppen ein. Die erste Gruppe, die Fallgruppe, erhält Medikamente von Pharmakonzernen, die sich noch in der Testphase befinden, bei der anderen Gruppe, der Kontrollgruppe, wird der natürliche Verlauf der Erkrankung beobachtet und jede kleine Auffälligkeit notiert. Du kannst dir nicht vorstellen, welche Qualen die Kranken durchleben. Alle paar Tage schütteln sie sich im Fieber, ein Teil von ihnen bekommt epileptische Anfälle, andere sterben an Nierenversagen oder ihren Durchfällen. Es ist einfach unmenschlich. Neulich habe ich den verantwortlichen Arzt gefragt, ob dies denn rechtmäßig sei. Er hat gelächelt, mit den Schultern gezuckt und gemeint, dass alle Probanden sich freiwillig gemeldet hätten!« Ein abfälliges, beinahe irres Lachen rang sich aus seiner Kehle.

Luise konnte ihre Irritierung nicht verbergen. »Stimmt das denn?«

»In gewisser Hinsicht schon. Sie bestechen die Patienten mit Essen. Du musst wissen, dass die Rationen für die Anstaltsinsassen bereits vor Wochen reduziert worden sind. Die Menschen verhungern oder erfrieren in allen Abteilungen der Klinik. Es hat sich schnell herumgesprochen, dass es im Haus 23 genügend Essen gibt. Also mangelt es nicht an Versuchspersonen.«

»Das ist ja unglaublich grausam! Wie kann man die Leute so hinters Licht führen?«

Darauf konnte Ernst keine Antwort finden.

»Und wofür ist das alles gut?«

»Die Experimente dienen zur Testung von Medikamenten, die bei unseren Truppen im Ausland zur Anwendung kommen könnten. Das rechtfertigt meiner Meinung nach jedoch keinesfalls dieses Vorgehen.«

Luise sog lautstark die Luft ein, als das Kind in ihrem Bauch ihr einen solchen Tritt verpasste, dass ihr der Atem stockte. »Dein Sohn oder deine Tochter ist genauso aufgebracht wie wir beide. Sollen wir nicht versuchen, noch etwas Schlaf zu bekommen? Lass uns morgen darüber nachdenken, was wir tun können.«

Ernst bezweifelte zwar, dass er auch nur eine Minute schlafen würde, sah aber ein, dass er im Moment nicht viel tun konnte. Auf der einen Seite war er froh, die grausamen Tatsachen einmal ausgesprochen zu haben, andererseits hatte er nun Luise mit all dem belastet. Sie hatte weiß Gott genug um die Ohren. Er trank einen Schluck Wasser, bevor er sich ins Kissen zurücksinken ließ. Unter der Decke griff er nach der Hand seiner Frau und hielt sie fest, bis er kurze Zeit später völlig erschöpft und wider Erwarten doch noch in einen traumlosen Schlaf fiel.

Als Luise an diesem Samstagmorgen in die Küche trat, blickte sie in das schreckensbleiche Gesicht ihrer Mutter. Sie saß am Küchentisch und hielt sich mit zitternden Händen krampfhaft an der Tageszeitung fest.

»Was ist denn los?« Trotz ihrer Fülle war die junge Frau mit wenigen Schritten bei Minna.

»Es ist alles aus.«

»Wie kommst du denn darauf?« Sie griff nach dem Mühlhäuser Anzeiger und las die Überschriften quer: ›Sprung ins Wespennest des Atlantikwalles ... Schwerer Blutzoll am ersten Tag‹ ... ›Wir müssen sie niederschlagen‹ ... Dann las sie noch einmal etwas genauer. »Ich verstehe nicht?«

Minna riss Luise die Zeitung aus der Hand. »Sie belügen uns! Wir können nichts von dem, was dort steht, auch nur im Ansatz glauben!«

»Mutter, was ist denn nur in dich gefahren? Es herrscht Krieg. Unsere Soldaten an der Westfront haben alles im Griff. Hier steht ...«

»Ich habe gelesen, was dort steht. Es ist alles erstunken und erlogen. Heute früh habe ich eine Übertragung im Radio gehört ...«

»... Wir dürfen die freien Sender nicht hören. Sie hetzen die Bevölkerung auf und verbreiten Propaganda gegen unseren Führer.«

»Luise, mach die Augen auf! Sieh dich um, was um uns herum passiert! Menschen werden mitten in der Nacht aus ihren Häusern gezerrt und wer weiß wohin gebracht. Sie werden als Volksschädlinge bezeichnet, nur weil sie die Dinge hinterfragen. Niemand hört jemals wieder von ihnen.«

Wortlos setzte sich Luise auf den Stuhl, der

unmittelbar neben ihr stand und betrachtete ihre Mutter. Der Tod ihres Vaters hatte etwas in ihr ausgelöst. Seit der Brief aus Stalingrad eingetroffen war, veränderte sich Minna. Sie fing an, nicht mehr alles zu glauben, was man ihr sagte, hörte ständig verbotene Sender im Radio, hielt mit ihrer Meinung nicht mehr hinter dem Berg. »Vielleicht solltest du Tante Walburga in Eisenach besuchen. Du brauchst etwas Abstand von all dem hier.« Luise vollführte eine kreisförmige Handbewegung, mit der sie auf die 4 Wände samt Möbel und Tischdeckchen zeigte.

»Aber das geht doch nicht! Ich muss dir mit Charlotte helfen. Wenn das zweite Kind erst kommt, dann wirst du froh sein, mich bei dir zu haben.«

Resigniert ließ Luise die Schultern sinken. »Du hast sicher Recht. Aber hüte dich davor, deine Gedanken weiter laut auszusprechen! Ich möchte nicht, dass du irgendwann in einer Nacht- und Nebelaktion verschwindest.«

Kapitel 12 – Mühlhausen, 6. Juli 1944

»Ernst!«

Der hysterische Unterton in Luises Schrei sorgte dafür, dass es dem jungen Mann heiß in den Magen fuhr. Beim Hinaufhasten nahm er zwei Stufen gleichzeitig. Als er die Schlafzimmertür aufriss, erfasste er die Situation mit einem Blick. Charlottes Gesicht war dunkelblau angelaufen. Seine kreidebleiche hochschwangere Frau stand vornübergebeugt vor dem Kinderbettchen und redete pausenlos auf die Kleine ein, beklopfte die Wangen ihrer Tochter, um sie zum Atmen zu bewegen. »Lass sie! Sie wird gleich Luft holen. Warte einen Augenblick!« Während er Luise sanft zur Seite schob, verschaffte er sich einen Überblick. Er polsterte mit der Decke die Gitterstäbe des Bettes ab, wohl wissend, dass seine Tochter jeden Moment wieder von Krämpfen geschüttelt werden würde.

Das Gesicht zu einer Fratze verzerrt, beinahe pflaumenfarbig, mit zusammengekniffenen Lippen, lag Charlotte vor ihm. Die geöffneten Augen nach oben verdreht starrten ins Nichts. »Wie lange geht das schon so?«

»Ich weiß nicht, vielleicht eine Minute oder zwei? Ich habe vollkommen das Zeitgefühl verloren.«

Er wandte sich wieder seiner Tochter zu. »Na komm schon, mein Mädchen!« Er hatte den Satz gerade ausgesprochen, als Charlotte die Luft zwischen den zusammengebissenen Zähne herauspresste und begann, rhythmisch mit den Armen und Beinen und kurz darauf mit dem ganzen Körper zu zucken. Mit jedem Atemzug, den sie nun tat, versprengte sie lauter kleine Bluttröpfchen in ihrer Umgebung. Nach einer gefühlten Ewigkeit verlangsamte sich der Rhythmus, Charlotte lag regungslos im Bett und schlief tief und fest. »Wir müssen ihre Windeln wechseln.« Der Geruch nach Kot erfüllte den Raum.

Während Luise sich erhob, um die Mullwindeln aus der Schublade der Kommode zu holen, verfolgte Ernst jede ihrer Bewegungen. Trotz der fortgeschrittenen Schwangerschaft und der damit verbundenen Körperfülle bewegte sie sich mit einer unerwarteten Eleganz.

»Du musst nachher den Waschkessel anheizen, es sind nur noch wenige saubere Windeln im Schrank.«

Stirnrunzelnd nahm Ernst die Tücher entgegen. In den letzten vier Wochen verging kaum ein Tag, an dem Charlotte nicht mindestens einen Krampfanfall hatte. Von der Kinderärztin hatten sie Luminaltabletten verschrieben bekommen, die sie mörserten, in Saft auflösten und ihrer Tochter schluckweise verabreichten.

Als der junge Vater sich im Schlafzimmer umsah, überkam ihn ein Gefühl der Hoffnungslosigkeit. Es sah aus wie in einem Lazarett. Auf dem Waschtisch standen wie immer ein Krug Wasser

174

und Waschlappen bereit, um Charlotte nach einem Krampfanfall von ihrem Unrat zu befreien. Tablettenschachteln, ein Porzellanmörser und Pipetten zum tropfenweise Eingeben der zerstoßenen, aufgelösten Medikamente vervollständigten das Bild.

Er hatte keine Ahnung, wie lange sie alle das noch ertragen konnten. Die Ärztin sprach von einer Entzündung des Gehirns, wie sie nach einer Maserninfektion als Komplikation vorkam. Was die Prognose betraf, so wollte die Medizinerin sich nicht festlegen. Von einer Heilung, möglicherweise mit kleineren Defekten bis hin zum Tod sei alles möglich. Sie meinte, es sei vernünftiger, das Kind in einem Krankenhaus betreuen zu lassen. Ernst und Luise waren sich jedoch darüber einig, dass sie dies auf keinen Fall zulassen würden. Dennoch hatte der junge Mann ein schlechtes Gewissen, weil er seine Frau und Minna mit der Kleinen allein ließ, wenn er zur Arbeit ging. Luise hatte sich beurlauben lassen, als Charlotte krank wurde. Lange hätte sie sowieso nicht mehr arbeiten können, weil die Geburt des zweiten Kindes in den nächsten Wochen bevorstand. Nun war es an ihm, für sie alle zu sorgen, auch, wenn es ihn beinahe unmenschliche Überwindung kostete, sie zurückzulassen, um eine Tätigkeit auszuüben, die er nur mit größtem Widerwillen ausführte, die er genaugenommen hasste.

»Was meinst du, wie lange das noch so weitergeht? Ernst ...?«

Er war so tief in Gedanken versunken, dass er gar nicht bemerkte, dass Luise ihn angesprochen hatte. Erst beim Klang seines Namens kehrte er aus den Wirren der Tagträume in die Realität, die nicht minder furchtbar war, zurück. »Ja? Wie bitte?«

»Ich wollte wissen, wie lange wir das alles noch ertragen müssen.«

Resigniert zog Ernst die Schultern nach oben. »Ich weiß es nicht. Vielleicht ...«

Lautes Poltern unterbrach ihn. Einen Moment stand Minna in der Tür.

»Ihr solltet herunterkommen.« Ihre Worte waren kaum mehr als ein Flüstern. Seit Charlotte krank geworden war, schlichen alle nur noch durchs Haus und wagten es nicht, einen Gedanken laut auszusprechen, in der Angst, neues Unheil würde über die Familie hereinbrechen.

»Ich kümmere mich nur kurz um die Kleine. Luise, geh ruhig mit deiner Mutter. Ich komme gleich nach.« Routiniert, die Frauen nicht weiter beachtend, machte er sich daran, seiner Tochter die Windeln zu wechseln.

»Ihr müsst hier verschwinden!«

Luise begriff nicht gleich, worauf Erna hinauswollte.

»Neuerdings schleichen Männer mit grauen Mänteln die Straße rauf und runter. Ich bin mir sicher, dass sie euer Haus beobachten.« Die dunkelhaarige Frau mit den breiten Hüften eilte zum Küchenfenster und zog die Übergardinen zu.

»Unser Haus? Aber wieso ...?« Ungeduldig strich Luise eine Locke, die sich aus dem Knoten am Hinterkopf gestohlen hatte, hinter das Ohr. Wut stieg in ihr auf. Diese Schwangerschaft raubte ihr nicht nur die Kräfte, sondern ließ sie auch in ihren Gedankengängen schwerfälliger werden, sodass es einen Moment dauerte, bis sie begriff. »Wegen Charlotte?« Sie meinte, Traurigkeit in der Miene Ernas erkennen zu können, als diese nickte. »Aber wieso? Es geht doch niemanden etwas an!«

»Ich weiß es nicht. Vielleicht hat die Kinderärztin eine Meldung an das Gesundheitsamt gemacht.«

»Warum sollte sie das tun? Wir tun doch alles für Charlotte, was menschenmöglich ist.« Aufgebracht strich sie sich die Locke, die sich erneut verselbständigt hatte, hinters Ohr.

»Vielleicht gibt es Vorschriften ... ich weiß es nicht. Sicher ist aber, dass Männer um euer Haus herumschleichen. Könnt ihr nicht verreisen? Sagtest du nicht etwas von Verwandten in Eisenach, Minna?«

Luises Mutter, die bisher schweigend das Gespräch verfolgt hatte, ließ sich erschüttert auf den Küchenstuhl sinken. »Oder sie kommen meinetwegen.«

Jetzt war es Erna, die nicht sofort verstand, worauf ihre Freundin hinauswollte. »Was ...?«

»Ich höre die freien Sender, obwohl das Verboten

ist.«

»Wer tut das nicht? Solange du niemandem davon erzählst ...«

»Natürlich nicht! Für wie dumm hältst du mich?«

»Nun, du hast es mir gerade erzählt, oder?«

»Aber du bist meine Freundin!« Entsetzt starrte Minna sie an.

»Daran gibt es keinen Zweifel, sonst wäre ich jetzt nicht hier! Ihr müsst verschwinden, glaubt mir, ihr seid in diesem Haus nicht sicher. Packt eure Koffer und fahrt zu deiner Schwester, am besten noch heute Nacht!«

»Ich denke darüber nach.« Fragend sah Minna zu ihrer Tochter.

»Ich weiß nicht. Charlotte hatte gerade einen schlimmen Anfall.«

»Überlegt es euch! Ich muss jetzt wieder zu den Kindern.« Erna umarmte Minna zum Abschied, bevor sie die beiden Frauen allein in der Küche ihres Hauses zurückließ.

»Das wird nichts! Bis Eisenach ist es zu weit.« Ernst hatte das Gefühl, als würde ihm der Boden unter den Füßen weggezogen werden.

»Hast du eine bessere Idee?«

»Wenn dem so wäre, würde ich es dich wissen lassen.«

»Dein Sarkasmus hilft uns nicht weiter.«

Aufgebracht stürmte Luise ins Schlafzimmer, zog wahllos die Schubladen der Kommode auf, griff nach Kleidern und Wäsche, die sich darin befanden, und stopfte sie in eine Tasche. »Wir dürfen nicht zulassen, dass sie Charlotte mitnehmen. Du weißt doch selbst am besten, was mit den Kranken geschieht!«

»Und wenn Erna sich das alles nur einbildet? Warum sollten sie uns die Kleine wegnehmen? Wir sind ihre Eltern und kümmern uns um sie.«

Mit einem Stapel Windeln in der Hand ließ sich Luise auf das Bett sinken. »Ich weiß es nicht. Nenn es mütterlichen Instinkt. Ich denke, Erna hat Recht.«

Ernst kratzte sich nachdenklich am Kopf. »In Ordnung. Wir packen, du nimmst den Nachtzug. Aber ich bleibe hier. Wenn jemand nach dir sucht, werde ich sie auf die falsche Fährte locken. Ich lasse dir eine Nachricht zukommen, falls es Neuigkeiten gibt.«

»Aber ich schaffe das nicht ohne dich!« Panik erfasste die junge Frau.

»Du musst!« Ernst nahm ihr die Windeltücher ab, legte sie auf das Bett und ergriff Luises Hände. »Du musst für uns alle stark sein.«

Sie zögerte einen Moment, bevor sie aufstand und weiter packte. Fieberhaft überlegte sie, was sie für die Reise benötigten. Sie durfte keinesfalls irgendetwas vergessen, wollte aber auch nicht zu viel Gepäck mitnehmen. Das würde sie nur behindern.

Wenig später saßen sie am Küchentisch, um zu Abend zu essen. Appetit hatte keiner von ihnen. Dennoch wusste Luise, dass sie alle Kraft brauchte, um die heutige Nacht zu überstehen. Deshalb zwang sie sich dazu, eine Scheibe Brot mit Griebenschmalz zu sich zu nehmen, aß eine Salzgurke und starrte vor sich hin. Sie hatte unbeschreibliche Angst. So viel konnte schiefgehen. Ihr Mitbewohner machte sich mit Treten bemerkbar. Geistesabwesend rieb sie über die Beulen auf ihrem Bauch. Auch für das Ungeborene bedeutete die Flucht in dieser Nacht eine ungewisse Zukunft. Was würde sie dem Kind zu bieten haben? Sie wusste ja nicht einmal, wo sie ab morgen schlafen sollten. Was wäre, wenn ihre Tante sie nicht aufnahm? Nicht auszudenken ...

Ernst beobachtete seine Frau. Er ahnte, was in ihr vorging. Wie sehr hasste er es, von ihr getrennt zu sein. Aber es ging nicht anders. Er musste hier vor Ort dafür sorgen, dass niemand Luise und Charlotte auf die Spur kamen. »Bist du dir sicher, dass du alles eingepackt hast, was ihr beide braucht?«

Luise legte die Gurke zurück auf ihren Teller. »Ich weiß es nicht. Ich weiß überhaupt nichts mehr! Das ist purer Wahnsinn!«

»Beruhige dich! Ich habe Walburga ein paar Zeilen geschrieben. Glaub mir, bei meiner Schwester seid ihr beide in Sicherheit.« Auch Minna fürchtete sich vor der Zukunft. Warum in aller Welt passierte das alles? Wie konnte Gott zulassen, dass dieses Unglück ihre Familie heimsuchte? Ohne Friedrich an ihrer Seite fühlte sie sich so machtlos. Er hatte immer die passende Lösung für Probleme jeder Art parat. Was würde er in der Situation tun? Am wahrscheinlichsten war, dass er seine Tochter und Enkeltochter an den Bahnhof begleitet und höchstpersönlich dafür gesorgt hätte, dass sie heil in Eisenach ankämen. Vielleicht sollte sie ... *Nein, das wäre keine gute Idee.* »Wann wollt ihr aufbrechen?«

»Wir hatten gedacht, dass wir warten, bis es dunkel ist, und eine halbe Stunde danach losgehen.« Ernst kratzte sich am Kinn. Er fühlte sich wie ein Verbrecher, der heimlich durch die Nacht schleicht, dabei hatte er gar nichts verbrochen. Es war auch die denkbar schlechteste Zeit für eine Flucht. Die Sonne würde erst um 21.30 Uhr untergehen, bis die Dunkelheit vollends das Licht des Tages verschlingt, konnten noch gut weitere anderthalb Stunden hingehen.

Minna fing an zu weinen. Beschämt wischte sie sich die Tränen aus dem Gesicht. »Es tut mir leid. Ich kann einfach nicht begreifen, dass unsere Familie auf diese Weise auseinandergerissen wird. Es ist so ungerecht!« Erneut flossen die Rinnsale ihre Wangen herunter. Diesmal ließ sie ihnen jedoch ihren Lauf.

Auch in Luises Augen glitzerten bereits die

Tränen. Wie sollte sie ohne die Hilfe ihrer Mutter mit zwei kleinen Kindern zurechtkommen? Über Tante Walburga wusste sie nicht allzu viel. Die wenigen Male, die sie hier zu Besuch gewesen war, wirkte sie eher unnahbar. Nun, sie hatte keine Wahl. »Es wird schon werden.« Ob sie damit ihrer Mutter oder sich selbst Mut zusprechen wollte, das wusste sie in diesem Moment nicht genau. Aber der Satz verfehlte seine Wirkung nicht. Ernst griff nach ihrer Hand und drückte sie aufmunternd. Wie immer fühlte sie sich in der Gegenwart ihres Mannes viel stärker. Luise seufzte, stand auf und begann, den Tisch abzuräumen. Sie musste ihrem Bewegungsdrang nachgeben, damit sie nicht verrückt wurde.

Minna tat es ihr gleich. Gemeinsam wuschen sie das Geschirr ab, so, als wäre die Welt vollkommen in Ordnung.

Nach dem Abwasch schalteten sie das Radio ein, um im Reichsprogramm ›ein schönes Lied zur Abendstund‹ zu hören, danach den ›Zeitspiegel‹ und im Anschluss die ›Frontberichte‹ nicht zu verpassen. Minna unterdrückte den Impuls, einen bissigen Kommentar zum Wahrheitsgehalt der Nachrichten von sich zu geben. Die Soldaten hatten den Kampf an der französischen Front verloren, mochten sie die Niederlage auch in noch so schöne Phrasen verpacken.

Keiner der Drei sprach ein Wort während der gesamten Radiosendung.

Wie jeden Abend brachten sie die

Verdunkelungsblenden an die Fenster an, wohlwissend, dass der örtliche Sicherheitsdienst kontrollieren würde, ob Licht aus dem Inneren des Hauses nach außen dringt. Luise wünschte sich, dass sie sich und ihre Lieben auf dem Weg zum Bahnhof ebenso tarnen könnte. Ein schwarzer Mantel müsste helfen, auch, wenn sie darunter bei den milden Temperaturen, die derzeit herrschten, in ihrem eigenen Schweiß baden würde.

»Es wird Zeit. Wir sollten aufbrechen.« Kurz vor Mitternacht half Ernst Luise in ihren schweren Mantel. Charlotte lag schon im Kinderwagen. Er griff nach dem Lederkoffer, den er gemeinsam mit seiner Frau gepackt hatte und stellte ihn quer über das Fußende des Gefährts. Dann schlang er ein Gummiband um Griffgestell und Koffer und prüfte, ob das Band auch fest genug saß. Er rüttelte wiederholt an der Reisetasche. »Nun, das sollte halten.« Erwartungsvoll sah er zu seiner Frau. »Wollen wir?«

Ohne zu antworten, wandte sich Luise ihrer Mutter zu und zog sie in ihre Arme. »Ich schreibe dir, sobald wir bei Tante Walburga angekommen sind und lasse dich wissen, wie es uns geht.«

Schniefend löste sich Minna von ihrer Tochter. »Das will ich doch hoffen!« Sie schnäuzte sich in ein Taschentuch. »Jetzt geht, sonst ist es wieder

183

hell, und ihr steht immer noch hier.« Sanft schob sie Luise in Richtung des Kinderwagens.

Ernst lief voran, löschte, bevor er die Tür öffnete, das Licht und spähte vorsichtig hinaus. »Wie es scheint, ist alles ruhig. Komm!«

Luise schob den Wagen zur Eingangstür und wartete darauf, dass ihr Mann den Wagen anhob, damit sie beide ihn möglichst geräuschlos die zweistufige Treppe zum Haus hinunterheben konnten.

Das Licht der Straßenlaternen war zwar gelöscht, aber es war nicht vollkommen dunkel. Der Schein des Vollmonds sorgte dafür, dass das Paar nicht durch die Straße stolperte.

Kapitel 13 - Mühlhausen, 7. Juli 1944

So leise wie möglich schlichen die beiden durch die Schaffentorstraße in Richtung Pfortenteich. Dabei liefen sie auf Zehenspitzen, um das Klappern der Absätze auf dem Pflaster zu verhindern. Das fahle Licht des Vollmondes ließ die Umrisse der Häuser und Bäume bedrohlich und irgendwie unwirklich erscheinen. Sie hielten sich im Schutz der Häuserfronten, damit ihre Schatten mit denen der Gebäude verschmolzen.

Ob es das Rascheln in den Büschen oder den Baumkronen war, das Aufbellen eines Hundes, wenn sie an einem Tor vorbeiliefen, das Fauchen und Kreischen von Katzen, die sich bekämpften, bei jedem Geräusch fuhr Luise zusammen.

Um diese Uhrzeit waren keine Menschen unterwegs. Es herrschte Ausgangssperre. Alle Fenster waren den Vorschriften entsprechend verdunkelt worden. Luise schob den Wagen in Richtung der Knaben-Oberschule, als sie einen Ruf hörte, der die Nacht durchdrang.

»He da! Stehenbleiben!«

Das Echo von hastigen Schritten auf dem Kopfsteinpflaster drang an Luises Ohren. Sie war zu Tode erschrocken und zur Salzsäule erstarrt.

»Luise, schnell, lauf in Richtung Kirche! Ich halte den Mann auf.« Ernst musste seine Frau schütteln, damit diese zu sich kam. »Mach schon! Bring dich und Charlotte in Sicherheit!« Nachdem er den

Kinderwagen gewendet hatte, schob er Luise in Richtung Petrikirche. »Ich komme nach, sobald ich kann. Ich liebe dich, mein Schatz, und nun geh!«

Die junge Frau sah ihm nach, bis sein Schatten in der Dunkelheit nicht mehr auszumachen war. Dann setzte sie sich in Bewegung. Dabei achtete sie nicht auf das Klappern ihrer Absätze auf dem Boden. Sie wollte einfach nur fort von der Gefahr.

An der Kirche angekommen, schob sie das schmiedeeiserne Türchen der seitlichen Pforte vorsichtig auf. Das Quietschen der Scharniere schallte durch die Nacht und ließ sie innehalten. *Verdammt!* Luise lauschte in die wieder eingetretene Stille. Sie unternahm einen weiteren Versuch, die widerspenstige Kirchenpforte lautlos zu öffnen. Während sie angespannt auf das erneute Quietschgeräusch wartete, hallte ihr das Klopfen ihres Herzens in den Ohren. Diesmal glückte das Vorhaben. Sie schob die Tür gerade soweit auf, dass sie mit dem Kinderwagen hindurchpasste. Kurz überlegte sie, ob sie den Eingang wieder schließen sollte, damit niemandem auffiel, dass jemand das Kirchengelände betreten hatte, verwarf den Gedanken jedoch, aus Angst, erneut durch das Quietschen die Aufmerksamkeit auf sich und die Kleine zu richten.

Sie versteckte den Wagen mit ihrer Tochter hinter einem der Büsche am Wegrand, lief am Nordportal des Gotteshauses vorbei und wandte sich der Treppe zu, die zu einem weiteren Nebeneingang hinaufführte. Am Treppenabsatz angekommen, holte Luise tief Luft, bevor sie die vielen Stufen emporstieg. Hoffnungsvoll drückte sie die Türklingel herunter. Die Enttäuschung war groß, als sie den Eingang verschlossen vorfand. Vorsichtig, darauf bedacht, die Treppen nicht hinunterzustürzen, lief sie wieder nach unten und dann in Richtung Westportal, das den Haupteingang der Kirche darstellte. Auch hier stand sie vor verschlossenen Türen. *Was jetzt?* Luise ließ den Blick über den in Mondlicht getauchten Kirchgarten schweifen. *Vielleicht ins Gemeindehaus?* Das Gebäude südlich der Petrikirche war 1936 eingeweiht worden und diente die Wintermonate über als Räumlichkeit, in dem die Gottesdienste abgehalten wurden, weil es in der Kirche schlicht und ergreifend einfach zu kalt war. Luise hoffte, dort irgendeine Menschenseele anzutreffen, die ihr weiterhalf.

Auf dem Weg in das Gemeindezentrum sah sie noch einmal nach ihrer Tochter, die im Schutz des Busches in ihrem Wagen schlief. Sie ließ den Kinderwagen dort stehen und schlich durch das immer nach wie vor geöffnete schmiedeeiserne Türchen hinaus zur Eingangstür des benachbarten Hauses. Auch hier führte das Herunterdrücken der Türklinke nicht zum gewünschten Erfolg. *Das kann doch nicht wahr sein!* Sie klopfte an die Tür, leise genug, damit nicht jeder um Umkreis das Klopfgeräusch hörte, aber dennoch so laut, dass der Hausmeister auf sie aufmerksam wurde. Sie konnte das Schlurfen von Pantoffeln auf dem

Terazzoboden wahrnehmen. Als das Geräusch verstummte, trat Luise näher an die Tür heran. Scheinbar wartete der Mann, dass sie sich zu erkennen gab. »Hallo, bitte helfen sie mir!«

»Gehen sie weg! Hier gibts nichts zu holen.«

Der abweisende Ton in der Stimme des Hausmeisters erschreckte Luise zutiefst. »Bitte, ich suche ... Asyl für mich und meine Tochter!«

»Asyl? Schätzchen, das wurde abgeschafft.« Ein ersticktes Lachen zerschnitt die Luft.

Panik ergriff die junge Mutter. Was sollte sie jetzt tun? Das konnte – das durfte doch alles nicht wahr sein. »Bitte, nur für eine Nacht! Ich weiß nicht, was ich sonst tun soll.«

»Sie zu, dass du wegkommst!«

Die Endgültigkeit der Worte wurde durch das Geräusch schlurfender Pantoffeln auf dem Boden, die sich immer mehr von der Tür entfernten, unterstrichen. Mit jedem Schritt, den der Mann tat, verstärkte sich die Verzweiflung der jungen Mutter. Ihr Herz raste, das Blut rauschte in ihren Ohren, die Knie fühlten sich an wie Pudding. *Gott, bitte hilf mir!* Dieser Gedanken hallte als Echo durch Luises Geist, als ihr ein scharfer Schmerz in den Rücken schnitt. Im nächsten Moment lief warme Flüssigkeit an den Innenseiten ihrer Beine hinunter. *Nicht jetzt, es ist zu früh!*

Irgendwie schien sich alles gegen die junge Frau verschworen zu haben. Schwerfällig setzte sie sich auf den Treppenabsatz vor dem Eingang zum Gemeindezentrum, verbarg ihr Gesicht in den

Händen und weinte all die Tränen, die sie bisher so tapfer zurückgehalten hatte.

»Luise?«

Es war kaum mehr als ein Flüstern. Dennoch war Ernst erschrocken über die Lautstärke seines Rufes. Da er keine Antwort erhielt, rief er noch einmal, dämpfte die Stimme jedoch ein wenig. Suchend lief er zum Nordportal der Kirche. Als er Luise dort nicht fand, umrundete er das Gotteshaus und drückte jeden Türknauf nach unten, in der Hoffnung, Einlass und seine Frau zu finden. Aber sämtliche Türen blieben verschlossen.

Also lief er zurück. Während er sich fragte, wo Luise wohl abgeblieben war, schossen ihm Bilder von Männern in den Kopf, die dabei waren, die Liebe seines Lebens zu verhaften. Sein Puls raste bei diesem furchtbaren Gedanken. Erneut rief er nach Luise und lauschte in die Stille der Nacht, eine Antwort ersehnend. *Wo sind die beiden nur?* Im nächsten Moment fiel Ernst das Gemeindehaus ein. *Vielleicht...* Der Eingebung folgend setzte er sich in Bewegung und fand sie als Häufchen Elend auf der Treppe vor dem Haus. Er eilte zu ihr, kniete sich vor sie auf den Boden und griff nach ihren Händen. »Luise, mein Schatz. Du kannst hier nicht sitzen bleiben.« Der Anblick brach ihm das Herz. »Komm, ich helfe dir auf!«

»Arrhg!« Der schneidende Schmerz, der Luise abermals in den Rücken fuhr, raubte ihr den Atem. Sie verharrte vornübergebeugt und rieb sich das Kreuz, bis die Wehe vorüber war. »Das Kind kommt. Meine Fruchtblase ist aufgegangen.«

»Was? Jetzt? Aber ...«

»Ich weiß, dass es zu früh ist. Was machen wir denn nun? Wir können nicht nach Hause gehen. Ich kann das Baby aber auch nicht hier auf der Treppe bekommen.«

Die Verzweiflung in Luises Stimme war unüberhörbar und verfehlte ihre Wirkung auf Ernst nicht. Er raufte sich die Haare und überlegte krampfhaft, wo sie Unterschlupf finden könnten. »Gustav und Elsbeth! Meinst Du, wir schaffen es bis zu ihnen?«

»Bis in die Schlageterstraße?« Ihre Gedanken überschlugen sich. Sie würden den Petristeinweg hinauflaufen müssen, über den Blobach, über den Hohen Graben in Richtung Lentzeplatz, dann noch wenige Meter bis zur Wohnung ihrer Freunde und das alles unbehelligt. »Wie stellst du dir das vor? Wir sind vorhin keine hundert Meter weit gekommen, bis wir entdeckt wurden.«

Die Vorstellung, in der Nacht bei Gustav und seiner Frau unterzukommen, beflügelte Ernst. »Wir schaffen das schon. Ich nehme den Wagen ... Wo ist Charlotte? Wo ist der Kinderwagen?« Panisch blickte er sich um und drehte sich dabei um die eigene Achse.

»Nebenan auf dem Kirchhof hinter einem Busch.

Als die Wehen einsetzten, habe ich es nicht mehr bis dorthin geschafft.« Luise, die mittlerweile aufrecht stand, lief langsam in die Richtung, in die sie eben gedeutet hatte. Dabei klatschte ihr der vom Fruchtwasser völlig durchnässte Wintermantel bei jedem Schritt gegen die Waden.

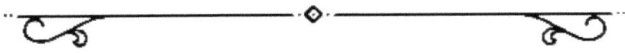

Es grenzte an ein Wunder, dass die kleine Familie vor dem Haus in der Schlageterstraße angekommen war, ohne von der Sicherheitspolizei entdeckt zu werden. Sie öffneten die Haustür und stiegen die beiden Treppen hinauf bis in die zweite Etage, wo Elsbeth und Gustav kurz nach ihrer Hochzeit eine gemeinsame Wohnung bezogen hatten. Dort angekommen klopften sie vorsichtig an die Tür. Aus dem Inneren drang ein leises Wortgefecht an ihre Ohren. »Keine Ahnung, wer um diese Zeit hier ...« Kurz darauf wurde die Wohnungstür aufgerissen.

Gustav leuchtete mit einer Taschenlampe in den Flur und wirkte sehr erstaunt, als er seinen Freund erkannte, der die Hand vors Gesicht hob, um sich vor dem blendenden Licht zu schützen. »Was macht ihr denn hier? Ist irgendetwas passiert?«

Ernst berichtete in aller Kürze von ihrem Vorhaben, in der Nacht zu verreisen, erzählte von dem unerfreulichen Treffen mit der Sicherheitspolizei und der Lüge, die er dem

Polizisten aufgetischt hatte. Er gab dem Beamten zu Protokoll, dass er sich auf dem Heimweg von der Arbeit befunden habe und sich deshalb nicht an die Ausgangssperre hatte halten können.

»Arrgh.« Eine Wehe erfasste Luises Körper und zwang sie in die Knie.

»Mein Gott, kommt doch herein!« Gustav trat zur Seite, um die Freunde in die Wohnung zu lassen. »Elsbeth, komm schnell!«

Ernst hob seine Frau auf die Arme und trug sie hinein. »Schon gut, Liebes. Wir haben es bald geschafft.« Unschlüssig stand er im Flur und sah sich um.

»Am besten, du bringst sie ins Schlafzimmer.« Elsbeth hatte sich einen Morgenmantel übergezogen und wies auf eine Tür am Ende des Hausflurs. »Wo ist Charlotte?«

Erschrocken sah Luise in die weit aufgerissenen Augen ihres Mannes. Keiner von beiden hatte Gustav oder Elsbeth von der Behinderung ihrer Tochter erzählt. Sie atmete tief durch, bevor sie antwortete. »Sie liegt im Wagen.«

Das Gesicht ihrer Freundin erhellte sich. »Ich hole sie. Macht es euch in der Zwischenzeit bequem!«

»Elsbeth!«

Sie war bereits im Gehen und drehte sich fragend wieder um. »Ja?«

»Du musst noch etwas wissen.« Luise schluckte schwer. Ihr Hals fühlte sich an wie ein Reibeisen. »Charlotte ... sie ist krank.«

»Krank? Aber was fehlt ihr denn?«

»Sie hat ... sie ...«

Ernst konnte nicht mit Ansehen, wie Luise sich quälte. »Vor einigen Wochen hatte sie die Masern.« Irritiert sah Elsbeth von Ernst zu Luise und wieder zurück zu ihm. »Ja. Ich weiß. Deshalb ist deine Frau doch zuhause geblieben und ich arbeite für Stein, das alte Scheusal.«

Zögerlich fuhr der junge Mann fort. »Es gab einige Komplikationen.«

»Nun red schon!«

»Die Ärzte meinen, Masernencephalitis. Sie hat Anfälle.«

»Oh nein! Das arme Engelchen. Kann man irgendetwas tun?« Erschrocken taumelte sie gegen die Flurgarderobe.

Betrübt schüttelte Ernst den Kopf. »Nein. Sie ist taub, das Sehvermögen lässt nach. Ihr Muskeltonus ist erhöht, sodass Arme und Beine in den großen Gelenken schon Kontrakturen aufweisen.«

»Kontrakturen?«

»Sie kann die Gliedmaßen nicht mehr strecken.« Elsbeth schluckte. »Ich verstehe.«

»Wenn du mir sagst, wo ich Luise absetzen kann, kümmere ich mich selber um Charlotte.«

»Ja. Natürlich.« Ihre gute Erziehung ließ sie in diesem Moment nicht im Stich. Sie setzte ein mitleidiges Lächeln auf, lief voran ins Schlafzimmer und deutete auf einen großen Ohrensessel direkt neben dem Fenster. »Ich muss das Bett erst frisch beziehen.«

»Hast du irgendetwas Wasserabweisendes zum

Unterlegen?« Ernst wartete, Luise weiterhin im Arm haltend.

»Warum?« Der Blick Elsbeths zeugte von Verständnislosigkeit.

»Die Fruchtblase ist geplatzt. Ich bekomme das Baby. Es tut mir leid, dass wir euch so viele Umstände bereiten.« Luise sah bedauernd an sich herunter. Sie wusste, dass sie einen jämmerlichen Anblick bot.

Mit einer abwinkenden Geste schob Elsbeth die Bedenken ihrer Freundin beiseite. »Papperlapapp! Du brauchst jetzt ein Bett und eine Hebamme. Das wäre ja gelacht, wenn wir nicht beides für dich organisieren könnten.«

»Danke!«

»Ach was!« Sie zögerte einen Moment. Dann schien sie einen glänzenden Einfall zu haben. »Wachstuch! Ich habe welches. Das sollten wir auf die Laken legen, damit die Matratze nichts abbekommt.« Sie wirbelte durch das Schlafzimmer, bezog das Bett mit frischer Bettwäsche und das alles in wenigen Minuten. »Fertig.« Elsbeth klopfte auf das Bettlaken. »Leg sie hierher!«

Vorsichtig setzte Ernst seine Frau auf das Bett, half ihr aus dem nassen Mantel und klopfte das Kissen zurecht. »Ich gehe jetzt Charlotte holen. Am besten lasse ich sie im Kinderwagen, damit sie nicht wach wird. Vielleicht kann Gustav mir helfen, den Wagen nach oben zu tragen.« Er gab Luise einen Kuss auf die Stirn und zog sich leise zurück.

Etwas befangen stand Elsbeth am Fußende des

Bettes. »Da wären wir also.« Sie nestelte am Gürtel ihres Morgenmantels herum, um ihre Unsicherheit zu überspielen. »Was als Nächstes? Heißes Wasser? Saubere Tücher? ... Ich habe keine Ahnung vom Kinderkriegen.« Sie kicherte wie ein junges Mädchen.

Luise musste ebenfalls lachen. »Die Hebamme.«

»Natürlich! Ich werde Gustav darum bitten, wenn er Ernst mit dem Kinderwagen geholfen hat.« Elsbeth wandte sich zum Gehen um, als sie von Luise zurückgehalten wurde.

»Danke! Für alles.«

Ernst wich keinen Moment von Luises Seite. Auch wenn die Hebamme noch so schimpfte, er blieb bei ihr und hielt die Hand seiner Frau, während ihr Körper in immer kürzeren Abständen von vernichtenden Schmerzen erfasst wurde. Er wischte ihr die Schweißperlen von der Stirn und flüsterte ihr liebevolle Worte ins Ohr. Es war erstaunlich, welche Qualen Frauen auf sich nahmen, um Kinder zu gebären.

»So, meine Liebe. Wollen wir doch mal nachsehen, wie weit sie sind. Drehen sie sich auf den Rücken und spreizen sie die Beine!«

Nachdem Luise der Aufforderung gefolgt war, wurde sie von der Hebamme mit geschickten Fingern untersucht. Abermals zog sich ihr ausladender Bauch krampfhaft zusammen. Sie keuchte und verspürte den unbändigen Drang, das Kind aus sich herauszupressen.

»Vollständig eröffnet. Jetzt dauert es nicht mehr lange, Kindchen. Drehen sie sich auf die Seite, ziehen sie das Bein an und halten sie es fest! Bei der nächsten Wehe pressen sie!«

In der folgenden Stunde wurde Ernst Zeuge des größten Wunders, das er je gesehen hatte. Völlig erschöpft mobilisierte Luise Kräfte, von denen er nicht geahnt hatte, dass sie in ihr steckten. Sie presste, hechelte, presste, stöhnte ... Und dann war es endlich soweit.

»Das Köpfchen ist da! Frau Schramm, jetzt atmen und bei der nächsten Wehe geben sie noch einmal alles, was sie haben!«

Die Spannung im Raum steigerte sich von einem Moment zum anderen ins Unerträgliche. Die Luft fühlte sich an wie aufgeladen, schien vor Elektrizität zu knistern.

Ein unmenschlicher Laut rang sich aus Luises Kehle, als sie ein letztes Mal die Beine anzog und den kleinen Körper aus sich herausdrückte.

»Das ist sie ja!« Mit flinken Fingern schlang die Hebamme das Neugeborene in ein Tuch, trocknete Gesicht und Köpfchen ab, band die Nabelschnur an zwei Stellen ab und zerschnitt das Band zwischen Mutter und Kind zwischen den beiden Klemmen.

Ein klägliches Meckern ertönte und füllte die Ruhe, die im Raum entstanden war, mit Leben. Das kleine Wesen wirkte wie ein Magnet auf seinen

196

Vater. Ernst verließ den Platz neben dem Kopf seiner Frau und griff nach dem Baby.

»Herzlichen Glückwunsch Herr und Frau Schramm! Sie haben eine Tochter.«

Mit letzter Kraft stemmte sich Luise auf die Ellenbogen und sah auf das Kind, das Ernst ihr entgegenhielt. Dann erhellte ein Lächeln das Gesicht der völlig erschöpften Frau. »Hildegard.«

Kapitel 14 – Mühlhausen, 8. Juli 1944

»Hier ist jemand, der dich besuchen möchte.« Elsbeth trat zur Seite und machte Platz für eine Frau, die Luise nicht kannte.

»Entschuldigung?« Die junge Mutter setzte sich im Bett auf und sah fragend abwechselnd zu ihrer Freundin und zu der Unbekannten.

»Das ist Frau Doktor Wicke. Sie ist Amtsärztin und möchte nach Charlotte sehen.« Elsbeth setzte ein Lächeln auf, das die Augen nicht erreichte.

»Wie bitte? Was soll das? Ich habe nicht darum gebeten, dass jemand meine Tochter untersucht.« Aufgeregt schlug Luise die Decke zur Seite und sprang etwas zu schnell aus dem Bett. Im nächsten Moment wurde sie von einer heftigen Schwindelattacke erfasst, die sie dazu zwang, sich wieder hinzusetzen, was ebenso unangenehm war, denn ihr Damm schmerzte nur einen Tag nach der Geburt sehr.

Elsbeth trat an Luise heran. »Es ist nur zu eurem Besten! Du kannst das, was aus dem Kind geworden ist, doch nicht ernsthaft verteidigen!«

»Was aus meinem Kind geworden ist? ... Du! Du hast uns verraten!« Luise holte aus und verpasste ihrem Gegenüber eine klatschende Ohrfeige.

Entsetzt wich Elsbeth zurück. »Wie kannst du es wagen? Ich habe dir und deiner Familie Obdach geboten, als ihr es am dringendsten nötig hattet.« Die letzten Worte schrie sie ihrer Freundin ins

Gesicht. »Du weißt selbst am besten, dass unheilbare Erkrankungen dem Gesundheitsamt gemeldet werden müssen. Ich habe nur meine Pflicht erfüllt.« Als Luise erneut aufsprang, hielt sie verteidigend ihre Arme vor den Körper.

»Keine Angst, ich werde dich nicht noch einmal schlagen. Du bist es nicht wert, dass ich meine Finger an dir schmutzig mache.«

Entsetzt wich Elsbeth zurück, so heftig, als hätte sie erneut eine Ohrfeige verpasst bekommen. »Wie kannst du so etwas sagen? Ich bin deine Freundin!«

»Nein. Du bist eine Verräterin. Ich hasse dich. Keine zehn Pferde könnten mich dazu bringen, auch nur noch eine Minute unter deinem Dach zu verbringen. Wenn du mich jetzt entschuldigen würdest. Ich werde mich anziehen und dann mit meinen Töchtern diese Wohnung verlassen.« An die Ärztin gerichtet fuhr sie fort. »Ihre Anwesenheit ist hier nicht von Nöten.«

Die Amtsärztin, die einen Kittel über dem schlichten grauen Rock und einer weißen Bluse trug, versuchte, die junge Mutter zu beruhigen. »Es ist eine reine Formsache, Frau Schramm. Ich möchte ihre Tochter untersuchen, um festzustellen, ob es nicht besser wäre, sie in einer Klinik weiter zu behandeln.«

»Mein Mann ist Krankenpfleger. Er kennt sich bestens mit ihrer Erkrankung aus. Wir sind durchaus in der Lage, auch ohne ein Krankenhaus mit der Situation fertig zu werden.«

»Nun, lassen sie mich das entscheiden, Frau Schramm.« Sie wandte sich Elsbeth zu. »Würden sie sich um das Neugeborene kümmern, während ich mit Frau Schramm zu dem anderen Kind gehe?«

»Du wirst meine Tochter nicht anrühren!« Elsbeth, die schon auf dem Weg zu der herausgenommenen Schublade war, die derzeit als Bettchen für das Baby diente, wich aufgebracht zurück. »Ist das der Dank für alles, was ich für dich getan habe?«

Luise stellte sich zwischen das provisorische Kinderbettchen und Elsbeth. »Du hast mein Blut verraten. Du wirst deine schmutzigen Finger von meinem Kind lassen! Wahrscheinlich war es von Anfang an dein Plan, mir meine Kinder zu entreißen, nur weil du keine bekommen kannst.«

Alle Farbe wich aus Elsbeths Gesicht. Sie musste sich sammeln, bevor sie antwortete. »Der Irrsinn spricht aus dir. Vielleicht sollte die Frau Doktor dich gleich mituntersuchen.« Fragend sah sie zu der Ärztin, die nach wie vor unschlüssig in der Tür stand.

»Soweit wird es nicht kommen, nicht wahr, Frau Schramm? So eine Geburt ist ein einschneidendes Erlebnis und kann die eine oder andere Frau reizbar machen.« Der Versuch eines Lächelns misslang der Frau gründlich. Sie sah eher aus, als hätte sie in eine Zitrone gebissen.

Luise fühlte sich wie ein in die Enge getriebenes Tier. *Was soll ich nur tun?* Mit zitternden Händen nahm sie die kleine Hildegard aus den Kissen in der Schublade und drückte sie fest an ihren Körper. »Vielleicht können wir warten, bis mein Mann von der Arbeit zurückkommt. Er hat Frühschicht und sollte in der nächsten Stunde hier sein.«

»Es tut mir leid, aber dafür ist keine Zeit. Sie sind nicht die einzige Familie, die ich heute aufsuche.«

Auch das gespielte Bedauern nahm Luise der Frau nicht ab. »Dann würde ich vorschlagen, sie kommen wieder, wenn mein Mann da ist. Ich wünsche nicht, dass ohne ihn irgendwelche Entscheidungen getroffen werden.«

Die junge Frau erweckte einen resoluteren Eindruck, als die Amtsärztin erwartet hatte. Dass sie so nicht weiterkam, war unbestreitbar. Sie überlegte kurz, bevor sie zu ihrem Entschluss kam. »In Ordnung. Ich werde in zwei Stunden wieder da sein.« Als sie die Erleichterung der jungen Mutter sah, fuhr sie fort. »Sie sollten wissen, dass sie mit einer empfindlichen Strafe zu rechnen haben, wenn ich sie später nicht hier antreffe. Haben sie mich verstanden, Frau Schramm?« Sie sah Luise eindrücklich in die Augen.

»Selbstverständlich, Frau Doktor. Mein Mann und ich werden sie hier erwarten.«

Mit einer sauertöpfischen Miene verabschiedete sich die Amtsärztin und ließ sich von Elsbeth hinausbegleiten. Als die Tür hinter der Frau geschlossen wurde, legte Luise ihr Töchterchen auf das Bett und packte eilig alle ihre Habseligkeiten in den Koffer, den sie bei ihrer Flucht durch die Nacht vor beinahe zwei Tagen bei sich trug. Als sie gerade dabei war, sich anzukleiden, klopfte es an der Schlafzimmertür.

»Luise, ich ...« Sie riss die Tür auf und stürzte in das Zimmer. »Was in aller Welt tust du da?«

Beinahe gleichgültig sah die junge Mutter die Frau an, die sie bis vor einer halben Stunde für ihre Freundin gehalten hatte. »Ich packe.«

»Aber das kannst du nicht! Hast du die Ärztin nicht gehört?«

»Selbstverständlich, das habe ich. Du glaubst doch nicht wirklich, dass ich hier warte, bis die Frau wiederkommt und mir mein Kind wegnimmt. Falls du das denkst, dann ist es nicht weit her mit deinem Verstand.« Sie knöpfte das Kleid zu, das nach der Geburt etwas locker um die Hüften herum saß.

»Bist du des Wahnsinns? Die sperren dich ein!« Kopfschüttelnd trat Elsbeth auf die junge Mutter zu.

»Komm keinen Schritt näher. Wenn du auch nur einen Funken Anstand in dir hast, wirst du nichts unternehmen, um mich aufzuhalten.«

»Aber du bringst nicht nur dich, sondern auch deine Kinder in Gefahr. Wo willst du denn hin?«

»Du glaubst doch nicht allen Ernstes, dass ich dir das verrate?« Der Sarkasmus in Luises Stimme war kaum zu überbieten. Sie sah zu Elsbeth, die einen inneren Kampf auszufechten schien.

»Ich werde jetzt Einkaufen gehen. Was in dieser

Zeit passiert, entzieht sich meiner Kontrolle.« Sie drehte sich auf dem Absatz um und verließ den Raum.

In aller Eile verstaute Luise ihr Waschzeug im Koffer. Dann lief sie in die Stube und sorgte dafür, dass Charlotte vor dem Aufbruch noch eine neue Windel bekam. Sie platzierte Hildegard neben ihre große Schwester in den Kinderwagen und wartete auf Ernst, der jeden Moment von seiner Schicht zurückkehren würde. Während sie ausharrte, überlegte sie fieberhaft, wo sie unterkommen konnten. Der Bahnhof war ebenso weit weg wie ihr Zuhause. Ob um diese Zeit ein Zug fuhr, wusste sie jedoch nicht. Die Gefahr, dass man nach ihr suchen und sie dann am Stadtbahnhof finden und verhaften würde, war zu groß. Verzweiflung überkam sie. Es gab keinen Ausweg.

Ungefähr eine halbe Stunden später klingelte es an der Haustür. Luise spähte vorsichtig durch den schmalen Spalt, der beim Öffnen der Tür entstanden war, bereit, sie jeden Moment wieder zu schließen, falls die Ärztin davorstünde. Als sie Ernst erkannte, riss sie die Eingangstür lange genug auf, um ihren Mann am Ärmel in den Flur zu zerren. »Mach schnell! Wir haben keine Zeit!« Luise ignorierte den verwirrten Gesichtsausdruck ihres Mannes und erzählte ihm mit wenigen Worten, was sich am frühen Nachmittag zugetragen hatte.

»Das hat sie nicht getan?«

»Ich konnte es auch nicht glauben, aber ...«

»... das kann doch alles nicht wahr sein. Wenn ich geahnt hätte, dass ...«

»... wo sollen wir denn jetzt hin? Zurück zu meiner Mutter? Da werden sie zuerst nach uns suchen.«

Die Haare ihres Mannes standen vom vielen aufgebrachten Hindurchfahren bereits wieder wild vom Kopf ab. Luise konnte an seinem Gesicht sehen, wie es hinter dessen Stirn arbeitete.

»Ich wünschte, wir hätten das Haus meiner Oma nicht verkauft. Es wäre der perfekte Unterschlupf für uns, ringsherum Wald und Felder, kein Mensch, der uns behelligt.« Er stöhnte auf bei dem Gedanken, dass er es so gedankenlos veräußert hatte. Wer hätte damals ahnen sollen, dass das Haus einmal als Versteck benötigen würden.«

»Hast du irgendeine Idee?« Luise wurde langsam ungeduldig. »Die Ärztin wird in der nächsten Stunde wieder hier auftauchen. Bis dahin müssen wir verschwunden sein.«

»Dann erstmal nach Hause. Möglicherweise hat deine Mutter irgendeine Idee.« Ernst öffnete die Haustür, wartete darauf, bis Luise den Kinderwagen hindurchgeschoben hatte, und schloss sie wieder.

Gemeinsam trugen sie den Wagen die Treppen herunter. Bevor sie auf die Straße hinaustraten, sah

Ernst nach, ob ein Polizist in der Nähe war. Er wollte kein unnötiges Risiko eingehen.

Entsetzt riss Minna die Haustür auf. »Was macht ihr denn hier? Ich dachte, ihr seid in Eisenach.«
»Lass uns erstmal rein. Dann erzählen wir dir alles.« Ernst schob seine Schwiegermutter zu Seite. Er hievte den Kinderwagen die beiden Stufen hinauf und zwängte sich an Minna vorbei.
»Geht es euch gut? Was macht die Kleine?« Mit einem Blick in den Wagen wollte sie sich vergewissern, dass es Charlotte gut ging. Sie traute ihren Augen nicht, als sie neben der Zweijährigen ein Neugeborenes entdeckte. Ungläubig sah sie auf den Bauch ihrer Tochter, der merklich an Umfang abgenommen hatte, und wieder zurück in den Kinderwagen. »Was? ... Wann? ...«
Luise brachte kaum ein Lächeln zustande. Sie fühlte sich hundeelend. »Gestern in den frühen Morgenstunden.« Es fühlte sich an, als wäre der Raum um sie herum ein Karussell.
»Du bist ja kreidebleich!« Erschrocken betrachtete Minna ihre wankende Tochter. »Ernst, sie kippt jeden Moment um!«
Bevor Luise auf den Boden aufschlug, war Ernst bei ihr und fing sie auf. Er hob sie hoch und trug sie in die Stube zum Sofa. »Gib mir die Kissen von dem Sessel!« Er hob die Beine seiner Frau nach

oben und stopfte alle Kissen, die ihm Minna reichte, darunter.

Prostestierend versuchte Luise, sich aufzusetzen. »Es geht schon wieder, lasst nur. Ich muss ...«

»Du wirst nichts tun. Du bleibst hier liegen und ruhst dich aus! Schließlich hast du gestern ein Baby geboren.« Minna breitete eine Wolldecke über ihre Tochter. Dabei fiel ihr ein, dass sie nicht einmal gefragt hatte, ob sie Großmutter eines Enkelsohns oder einer Enkeltochter geworden war. »Apropos Baby ...?«

»... ein Mädchen. Wir haben sie Hildegard genannt.« Ein flüchtiges Lächeln erhellte Luises Gesicht, um kurz darauf wieder zu verschwinden.

»Geht es ihr gut? Ist sie gesund?«

Ernst nickte. »Sieh sie dir an! Es ist alles dran, was dran gehört, zehn Finger, zehn Zehen ...«

»Das muss warten. Jetzt werde ich mich erst einmal um meine Tochter kümmern.« Sie lief in die Küche, um eine Stärkung für die frischgebackenen Eltern zuzubereiten, als ein Tumult vor der Haustür ausbrach.

Luise und Ernst waren zu Tode erschrocken, weil sie glaubten, der Krach hätte mit ihnen zu tun. »Wir müssen uns und die Kinder verstecken! Komm, ich helfe dir auf!« Trotz abermaliger Proteste seiner Frau schob der junge Vater den Arm unter ihre Kniekehlen und den Rücken und hob sie hoch. Er trug sie hinaus und überlegte kurz, ob er nach oben in ihr Schlafzimmer oder in Richtung Keller laufen sollte.

»Nach unten, rasch!« Luise flüsterte die Worte, aus Angst, jemand könnte sie hören. Sie ließ sich von Ernst auf eine Bank zwischen Regalen mit Eingemachtem, Kohlen und Kartoffeln absetzen und sah ihm nach, wie er nach oben verschwand. Eine gefühlte Ewigkeit später kam er mit Hildegard auf dem Arm wieder herunter, legte sie ihr auf den Schoß und stieg die Treppe erneut empor.

Kurz darauf kehrte er mit Charlotte zurück, breitete das dicke Kissen aus dem Kinderwagen auf dem Boden aus und bettete seine ältere Tochter vorsichtig darauf. Dann wuchtete er den schweren Wagen nach unten, zog an der Kordel neben der Glühlampe und löschte das Licht.

Dunkelheit empfing die Familie. Jetzt hieß es warten und beten.

Als die Kellertür geöffnet wurde, erschraken die beiden zu Tode.

Als Ernst erkannte, dass es Minna war, die, den Lichtschein im Rücken, die Treppe herunterstieg, beruhigte sich sein Herzschlag einwenig. Er atmete die angehaltene Luft aus und schaltete die Deckenlampe wieder an.

»Alles in Ordnung, ihr seid in Sicherheit.« Minnas Blick fiel auf den Säugling auf dem Schoß ihrer Tochter. Sie hob ihn auf und wiegte vorsichtig im

Arm. »Hallo, meine Kleine, ich bin deine Oma.« Tränen traten in ihre Augen. »Sie ist wunderschön.« Zärtlich schob sie das Mützchen beiseite, dass sie vor nicht allzu langer Zeit gehäkelt hatte. »Die Haare sind blond. Dieses junge Fräulein gerät wohl nach seinem Vater.« Sie betrachtete das Neugeborene noch etwas eingehender. »... bis auf die Nase. Die ist genauso klein und knubbelig, wie deine war, Luise.«

Das Mädchen wurde unruhig. Sie zappelte wütend mit den Ärmchen und Beinchen und fing an, lauthals Protestschreie von sich zu geben.

»Sieht so aus, als hätte hier jemand Hunger.« Sie reichte das Kind an ihre Tochter zurück.

»Was war denn eigentlich los da draußen?« Mit sorgenvollem Blick schaute Ernst noch immer die Treppe nach oben in Richtung Kellereingang.

Minna lachte. »Das werdet ihr nicht glauben. Horst, Ernas Zweitältester, hat sich ein Gefecht mit einem Hausierer geliefert.«

»Aber warum?« Froh, dass der Aufruhr nicht ihr und ihrer Familie galt, war Luise neugierig geworden.

»Es ging um den Hund. Erna war es leid, dass Horst ihm immer von seinem Essen abgab. Sie muss jedes ihrer vier Kinder sattbekommen, was ihr zunehmend schwerer fällt. Ihr Mann ist nach wie vor an der Front, das Geld reicht hinten und vorn nicht. Die Lebensmittelrationen werden immer dürftiger, da bleibt kaum genug zu Essen für sie und die Kleinen. Deswegen hat sie dem

Hausierer den Hund verkauft.«

Stirnrunzelnd betrachtete Ernst seine Schwiegermutter. »Dagegen ist nichts einzuwenden.«

»Sag das Horst! Erna hat ihn mit einem dicken Bündel schmutziger Bettwäsche in die Heißmangel geschickt. Dorthin konnte er den Hund nicht mitnehmen. Als der Junge aus dem Haus war, hat sie sich auf den Weg gemacht und dem Hausierer das Tier verkauft. Womit sie jedoch nicht gerechnet hatte, war, dass Horst so schnell wieder zurück seien würde. Er hat seinen geliebten Struppi auf dem Wagen des Hausierers erkannt und wollte ihn zurückhaben. Der Bursche hat lauthals mit dem Mann gestritten. Die ganze Nachbarschaft wurde von dem Geschrei alarmiert und hat sich nach und nach um den Karren des Mannes versammelt. Irgendwann hat es ihm gereicht. Er hieb mit seiner Pferdepeitsche auf Horst ein und wollte den Wagen vorantreiben, um dem zeternden Jungen zu entkommen. Aber der Knabe blieb standhaft. Er schrie zeter und mordio, um den Hund zurückzubekommen. Das Gebell des Köters machte die Sache auch nicht besser. In der Zwischenzeit hatten die Nachbarn, unter anderem auch ich, die Situation erfasst. Einige von uns redeten auf den Hausierer ein, er solle sich doch ein Herz fassen und dem kleinen Jungen sein geliebtes Haustier wiedergeben. Der Mann bestand darauf, dass er das Tier ehrlich erworben hatte, und weigerte sich standhaft, den Hund wieder herauszugeben.«

Luises Augen wurden bei den Ausführungen ihrer Mutter immer größer. »Das ist ja unglaublich!«

»Wem sagst du das. Erna war es schließlich, die dem Streit ein Ende bereitete. Zähneknirschend gab sie dem Hausierer sein Geld zurück. Triumphierend nahm der Bursche seinen Hund entgegen, drückte ihn gegen die Brust und ließ sich von ihm Tränen und Rotz aus dem Gesicht lecken. Ende gut – alles gut.«

Ernst seufzte. »Wenn doch nur alle Geschichten so glücklich ausgehen würden.«

Kapitel 15 – Mühlhausen, 23. Juli 1944

Die Welt stand kopf. Vor drei Tagen war ein Attentat auf Adolf Hitler verübt worden und fehlgeschlagen. Nun wurden überall in der Stadt und auf dem Land rund um Mühlhausen und Bad Langensalza von der Gestapo Menschen aus ihren Häusern gezerrt und verhaftet. Bis dahin unbescholtene Bürger, Angestellte, Eisenflechter, Schleifer, Bankprüfer, Schlosser, Maler, Weber, Vorarbeiter, Seiler, sogar ein Rentner gehörten zu den in Haft Genommenen. Die meisten jener Männer waren Mitglieder der SPD oder KPD. Weiß der Himmel, was man ihnen vorwirft. Sie konnten doch unmöglich für das Attentat auf den Führer verantwortlich sein. Ihre Familien hatten keine Ahnung, wohin man ihre Liebsten abgeführt hatte. Wer den Mut aufbrachte, unbequeme Fragen zu stellen, musste damit rechnen, ebenfalls inhaftiert zu werden. Es herrschte das absolute Chaos. Niemand war mehr seines Lebens sicher.

Auch Luise und Ernst lebten in ständiger Angst vor der Entdeckung durch die Behörden. Seit dem Tag ihrer Heimkehr hatten die beiden das Haus in der Schaffentorstraße nicht verlassen.

Täglich wurde Minna von Beamten der Sicherheitspolizei aufgesucht, die sich erkundigten, ob ihre Tochter und der Schwiegersohn wieder von der Reise, die sie zwei Wochen zuvor angetreten hatten, zurückgekehrt waren.

Jedes Mal, wenn es an der Haustür klingelte, schnürte es Minna die Kehle zu, aus Angst, man würde ihr eines Tages die Lügen an der Nasenspitze ansehen und das Haus stürmen.

So, wie sich die Dinge entwickelten, mussten die drei sich sowieso eine andere Lösung für die Situation einfallen lassen. Luise und Ernst gingen nicht mehr zur Arbeit, verdienten also keinen Pfennig Geld. Das Bisschen Rente, was sie als Witwe eines im Krieg getöteten Soldaten bekam, reichte nicht aus, um drei Erwachsene und ein krankes Kind zu ernähren. Die Medikamente der kleinen Charlotte würden bald zur Neige gehen. Wenn das geschah, könnte die Anfallsfrequenz des Mädchens zunehmen.

Auch musste gewaschen werden. Wie sollten sie um alles in der Welt die ganzen Windeln zum Trocknen aufhängen, ohne, dass jemand Wind davon bekam, dass ein Säugling im Haus wohnte? Über kurz oder lang würde das Versteckspiel auffliegen. Sie mussten sich irgendetwas einfallen lassen.

Minna bereitete gerade das Abendessen zu, als Luise die Treppe heruntergeschlichen kam.

»Ich sterbe vor Durst. Unter dem Dach sind es mindestens 50 °. Ich muss etwas Trinken, bevor ich Hildegard stille.«

Minna betrachtete ihre Tochter. Sie sah tatsächlich ein wenig mitgenommen aus. »Ich habe vorhin Kräutertee gekocht. Er steht auf dem Tisch und kühlt ab.«

»Danke.« Luise sah sich in der Küche um. »Brauchst du Hilfe?«

»Ich weiß nicht. Wir sollten besser kein Risiko eingehen. Wenn irgendjemand dich hier sieht ...«

»Du hast Recht.« Seufzend nahm sich die junge Mutter eine Tasse aus der Anrichte, schenkte sich etwas von dem Tee ein, gab Minna einen Kuss auf die Wange und stieg die Treppe wieder hinauf. Dort wurde sie bereits von Ernst, der schwitzend neben dem Gitterbett saß, in dem Charlotte und Hildegard schliefen, erwartet.

Die Luft stand im Zimmer. Dennoch mussten sie dem Drang widerstehen, das Fenster zu öffnen, um nicht durch Geräusche auf sich aufmerksam zu machen. Nach Einbruch der Dunkelheit würden sie für eine Stunde hinuntergehen. Während dieser Zeit konnten sie das Schlafzimmer lüften.

»Etwas Gutes hat die Schwitzerei.« Ernst setzte ein schelmisches Grinsen auf, als Luise ihn fragend ansah. »Nun, ... ich muss nicht so oft pinkeln.« Als er sah, dass seiner Frau nicht zum Scherzen zumute war, erhob er sich und zog sie in eine Umarmung. »Mir geht es doch genauso. Ich fühle mich wie ein eingesperrtes Tier. Wenn die Gestapo die Hausdurchsuchungen beendet hat, könnten wir noch einen Versuch unternehmen und zu deiner Tante Walburga fahren. Was meinst du?«

»Sie werden sämtliche Bahnhöfe überwachen. Wir haben nicht die geringste Chance, heil in Eisenach anzukommen.«

Die Hoffnungslosigkeit in Luises Stimme war nicht zu überhören. »Ach, mein Liebes. Wir werden es aus der Stadt herausschaffen. Und wenn wir die ganze Strecke bis zu deiner Tante laufen müssen.« Als er über die rote Lockenpracht seiner Frau strich, versetzte es ihm einen Stich. Die Erinnerung an das erste Mal, als er das getan hatte, und die Gefühle, die diese zarte Berührung damals in ihm ausgelöst hatten, überkamen ihn mit einer Wucht, dass es ihm den Atem raubte. Es war bei weitem nicht so gekommen, wie sie beide es sich erträumt hatten. Dennoch würde er keine Sekunde ein anderes Leben führen wollen. Auch, um sich selbst Mut zuzusprechen, verstärkte er den Druck der Umarmung. »Ich liebe dich, mein Schatz. Ich werde nicht ruhen, bis du und die Kinder in Sicherheit seid.«

»Endlich! Ich dachte schon, es wird nie dunkel.« Luise hob das Baby aus dem Bettchen und stieg die Treppe hinunter in die Küche, gefolgt von Ernst, der Charlotte auf dem Arm hielt. Der Nachmittag zog sich im Schneckentempo dahin. Auch den Kindern war es zu warm in dem Zimmer. Hildegard quengelte fast die ganze Zeit über. Luise hatte sie so oft wie möglich gestillt. Dennoch wirkte das Baby unzufrieden und weinte ständig. Die Brustwarzen der jungen Mutter waren ganz wund und schmerzten unter dem Büstenhalter. Als Hildegard erneut unruhig wurde, legte Luise sie abermals an die Brust. Mit schmerzverzerrtem Gesicht beobachtete sie die Kleine dabei, wie sie zufrieden zu saugen begann.

»Was ist denn los?« Minna konnte trotz der kargen Beleuchtung durch die Kerze auf dem Küchentisch die Miene ihrer Tochter erkennen. »Wunde Brustwarzen?«

Luise nickte.

»Da habe ich was.« Mühsam erhob sich Minna, verließ die Küche und kehrte kurz darauf mit einem kleinen Tiegel zurück. »Das ist Wollfett. Trag es nach dem Stillen auf. Es wird helfen.« Sie stellte das Töpfchen neben die Kerze auf den Tisch. »Wo ist eigentlich dein Mann?«

»Im Garten. Er wollte ein bisschen frische Luft atmen. In unserem Zimmer fühlt es sich an wie in einem Backofen. Was ist mit dir? Du wirkst erschöpft.«

Minna lächelte milde. »Es ist spät.«

Das stimmte wohl. Luise war ebenso völlig übermüdet. Am Tag war es unmöglich, auch nur ein Auge zu zutun. Wenn es nicht Hildegard war, die ihr Recht verlangte, um ihren Hunger zu stillen, dann musste sie sich um Charlotte kümmern. Die Hitze tat ihr Übriges. Ernst half zwar, wo er konnte, aber die junge Mutter fühlte sich ständig überfordert und hundemüde.

»Vielleicht solltest du schlafen gehen. Wenn ich die Kinder bettfertig habe, lege ich mich auch hin. Bis dahin müsste die Nachtluft das Zimmer etwas heruntergekühlt haben.«

»Bevor du ins Bett gehst ... Im Kühlschrank steht ein Malzbier für dich.« Minna streichelte im Vorbeigehen mitfühlend ihrer Tochter über das Haar. Auch, wenn es lange her war. Sie konnte sich noch genau daran erinnern, wie sie sich gefühlt hatte, als sie eine stillende Mutter war. Eine Frau vergisst so etwas nie.

»Danke, Mutti!«

»Keine ...«

Klingeln und lautes Pochen an der Haustür unterbrach den trauten Moment. Hastig nahm Luise das Kind von der Brust, bevor sie die Kellertreppe hinunterrannte. So oft, wie sie dies in den letzten beiden Wochen getan hatte, benötigte sie kein Licht. Unruhig wartete sie darauf, dass Ernst mit Charlotte zu ihr stoßen würde, was wenig später auch geschah. Sie hörte ihre Mutter durch den Flur rufen, während jemand weiter unaufhaltsam gegen die Haustür hämmerte.

»Geduld, ich komme ja!«

Als Hildegard wieder zu quengeln begann, nahm Luise das Kind an ihre schmerzende Brust und lauschte angespannt, in der Hoffnung mitzubekommen, was dort oben vor sich ging. Lautes Geschrei drang an ihr Ohr, gefolgt von dem Trampeln schwerer Stiefel auf der Treppe. Die junge Frau rückte näher an ihren Mann heran. Ein unheilvolles Kribbeln breitete sich über ihren Rücken in Richtung Nacken aus. *Sie kommen, um uns zu verhaften. Bitte Gott, lass nicht zu, dass sie uns hier finden!*

Das erneute Trampeln von schweren Schuhen die Treppe hinunter wurde von Minnas Schrei unterbrochen. »Das ist eine bodenlose Frechheit! Verlassen sie jetzt auf der Stelle mein Haus. Sie sehen doch, dass ich nichts zu verbergen habe. Mir reicht es, ich habe genug von ...«

Eine tiefe, eiskalte Stimme, die Luise nicht kannte, mischte sich zwischen die ihrer Mutter. »... wenn sie nicht wollen, dass ich sie auf der Stelle verhafte, dann halten sie jetzt ihren Mund und lassen meine Männer ihre Arbeit machen. Ein Nachbar hat gemeldet, dass er das Weinen eines Säuglings gehört hat, das aus ihrem Haus kam.« Etwas leiser, sodass Luise ihn kaum verstehen konnte, fuhr er fort. »Wo ist der Keller?«

Die junge Frau erstarrte. *Nein!* Sie drückte ihren zitternden Körper gegen den ihres Mannes, der wie sie mucksmäuschenstill auf die Geräusche im Flur lauschte. Einen Augenblick später wurde die Tür aufgerissen. Der Schein einer Taschenlampe leuchtete die Kellertreppe herunter. Luise hielt den Atem an. *Bitte, lass sie nicht genau nachsehen, bitte!*

»Und?« Der Mann, der sich zuvor mit ihrer Mutter gestritten hatte, blaffte seinen Untergebenen an.

»Kohlen, Kartoffeln, Werkzeuge ...«

»Halten sie mich für einen Volltrottel? Bewegen sie ihren Arsch in den Keller und sehen sie genau nach!«

Jetzt ist alles aus. Wir sind verloren. Luise konnte

dem Zittern keinen Einhalt mehr gebieten. Mit jedem Schritt, den der Mann die Treppe hinunterstieg, wuchs die Resignation der jungen Frau. Sie spürte, wie Ernst den Arm um sie legte. Er sagte nicht ein Wort. Auch er wusste, dass es keinen Ausweg mehr für sie gab.

Das Licht der Taschenlampe blendete Luise. Sie kniff die Augen zu und wünschte sich an einen anderen Ort. Das Klicken des Sicherungshebels einer Pistole drang an ihr Ohr.

»Aufstehen!«

Luise blinzelte gegen den Schein der Lampe und stand zögerlich auf. Sie spürte, dass Ernst sich ebenfalls erhob. Augenblicke später wurde sie von ihm gegen die Kellerwand gedrängt, als er sich schützend vor sie und das Neugeborene schob. Alles um sie herum geschah irgendwie langsamer, so wie in einer Zeitlupenaufnahme, die sie aus dem Kino kannte.

»Sie sind hier, Herr Obersturmführer.« Er zuckte zusammen, als sein Vorgesetzter Befehle aus dem Flur zurückschrie.

»Bringen sie die Leute herauf!«

»Sie haben es gehört. Setzen sie sich in Bewegung! Wirds bald!« Ungeduldig fuchtelte der SS-Mann mit dem Lauf seiner Pistole herum und deutete damit auf die Kellertreppe.

Luise hatte das Gefühl, dass ihre Beine ihr jeden Moment den Dienst versagen würden. Sie drückte die schlafende Hildegard an ihre Brust und lief hinter Ernst her, der bereits am Treppenabsatz stand und auf sie wartete. Das Flurlicht war eingeschaltet und blendete Luise ebenso wie das Licht der Taschenlampe zuvor. Das Erste, was sie wahrnahm, war das genugtuende Grinsen auf dem feisten Gesicht des Obersturmführers. Menschen wie er blühten auf, wenn sie andere Quälen und Erniedrigen konnten. Der fette Mann mit hochrotem Gesicht trug die graue Uniform der SS mit einer doppelten Siegesrune am rechten Kragenspiegel. Auf der Mütze erkannte Luise einen Adler mit ausgebreiteten Schwingen, der auf einem mit Eichenlaub umkränzten Hakenkreuz stand. Eigenartigerweise nahm sie jedes Detail der Uniform wahr, während der Flur um sie herum irgendwie in weite Ferne rückte. Ihre Beine gaben nach. Gleichzeitig wurde ihr schwarz vor den Augen. Das Letzte, was sie hörte, war die Stimme von Ernst, der entsetzt ihren Namen rief.

Als Luise wieder zu sich kam, lag sie auf der Couch, umringt von ihrer Mutter, die das Baby auf dem Arm hielt, und zwei SS-Männern. Ruckartig setzte sie sich auf, was sogleich mit einem heftigen Stechen in ihrem Kopf bestraft wurde. Sie griff nach der Stelle am Hinterkopf, die schmerzte, und fühlte eine dicke Beule. Etwas vorsichtiger beugte sie sich vornüber, was eine massive Welle von Übelkeit in ihr auslöste. Ohne Vorwarnung erbrach sie sich auf den Boden vor ihren Füßen.

Einer der SS-Männer wandte sich angewidert ab, während der andere einen Schritt auf sie zutrat. »Sie haben gewiss eine Gehirnerschütterung und sollten sich im Krankenhaus behandeln lassen.«

»Nein!« Luise versuchte, den heftigen Ausbruch etwas abzumildern. »Das geht nicht, ... das Baby ...«

Der Mann sah unsicher von der jungen Frau durch die offene Stubentür zu seinem Vorgesetzten, der dabei war, sich mit Ernst zu unterhalten. Der saß am Küchentisch, hielt das verkrüppelte Kleinkind fest in den Armen und schüttelte immer wieder mit dem Kopf. Von dem Gespräch der beiden bekam er nichts mit. »Entschuldigen sie mich einen Moment.«

Luise sah zu, wie der Mann das Zimmer verließ, und wunderte sich über den Ton und dessen gute Umgangsformen. Er wirkte nicht so verroht wie sein Vorgesetzter. Dann warf sie ihrer Mutter einen fragenden Blick zu, die im selben Moment wortlos antwortete. *Gott sei Dank!* Der Kleinen schien bei dem Sturz nichts passiert zu sein. Aber wie ging es nun weiter?

Der junge SS-Mann kehrte zurück in das Wohnzimmer. »Wie es aussieht, ist die Amtsärztin auf dem Weg hierher. Der Obersturmführer hat nach ihr rufen lassen. Sie wird entscheiden, wie es weitergeht. Bis dahin sollten sie sich noch ein wenig ausruhen.«

Ausruhen? Wie stellte der Mann sich das vor?

Obwohl sie vollkommen erschöpft war, wusste Luise mit einer unumstößlichen Sicherheit, dass sie dazu nicht imstande war. Diese Frau Doktor Wicke würde über das Schicksal ihrer Familie entscheiden. Die junge Mutter erinnerte sich lebhaft an die Drohung der Ärztin, sie verhaften zu lassen, als sie sich in Elsbeths Wohnung verabschiedet hatte. Somit war klar, wie die Dinge sich entwickeln würden.

Nach einer gefühlten Ewigkeit und dennoch viel zu früh klingelte es an der Haustür. Luise hörte das Stimmgemurmel einer Frauenstimme, vermischt mit der eines Mannes. *Was reden die da nur?* Die Ungewissheit hielt Luise nicht mehr auf dem Sofa. Vorsichtig stand sie auf und wollte in die Küche gehen, als sie von dem SS-Mann, der bisher wie ein Stock in der Ecke gestanden hatte, aufgehalten wurde.

»Halt! Wo wollen sie denn hin?«

»In die Küche zu meinem Mann und meiner Tochter.«

Die schlichte Antwort Luises sorgte für einen wortlosen Austausch ihrer beiden Bewacher.

Der Freundlichere der beiden, mit den guten Manieren nickte zustimmend. »In Ordnung, ich begleite sie.« Er ließ ihr den Vortritt.

Als Luise in der Küche ankam, fand sie die Amtsärztin bei der Untersuchung Charlottes vor, während der SS-Obersturmführer mit angewiderter Miene das Vorgehen beobachtete und Ernst, der hilflos hinter ihm stand. »Bitte, ich

221

möchte zu meiner Tochter.«

Die Ärztin wandte sich um und maß Luise mit vorwürfigem Blick. »Sie hätten auf mich hören sollen, als ich sie vor zwei Wochen in der Wohnung ihrer Freundin aufgesucht habe. Das Kind hat schon längst durch einen Arzt untersucht gehört. Sie ist ausgetrocknet und unterernährt. Das Mädchen muss ins Krankenhaus.«

»Nein!« Luise versuchte, zu ihrer Tochter zu gelangen, wurde aber von dem Obersturmführer daran gehindert.

»Sie haben gehört, was die Ärztin gesagt hat. Seien sie froh, dass wir sie nicht alle abführen!«

Das Bedauern, das in seiner Stimme mitschwang, war für die junge Mutter nicht zu überhören, sodass sie erst Sekunden später registrierte, was der Mann gesagt hatte. »Wir werden nicht verhaftet?«

Die Amtsärztin schüttelte den Kopf. »Nein. Mein alter Freund, Doktor Schroth, hat mich davon überzeugt, sie für eine hervorragende Arbeitskraft und treue Parteigenossin sie sind. Er hat sich für sie verbürgt, unter der Voraussetzung, dass sie ihre Tochter im Krankenhaus behandeln lassen, wenn es nötig wäre.«

Kapitel 16 – Pfafferode, 26. Juli 1944

Zwei lange Tage hatten Luise und Ernst warten müssen, bis sie zu ihrer Tochter durften. Besuch war nur mittwochs, samstags und sonntags gestattet. Nun standen sie vor der Tür der Abteilung, in der Charlotte behandelt wurde und übten sich in Geduld, sehnsüchtig darauf hoffend, endlich hineingelassen zu werden.

Ernst fixierte die Tür. »Wir sollten mit dem Arzt sprechen, er hat heute Sprechstunde.« Bereits am Montag hatte er versucht, einen Gesprächstermin bei dem behandelnden Doktor zu bekommen. Er wurde auf den kommenden Mittwoch vertröstet. Auch die Tatsache, dass Luise und er der Klinik angehörten, änderte daran nichts. »Heute muss er Zeit für uns haben.«

Luise hing ihren eigenen Gedanken nach. Immer wieder sah sie vor ihrem geistigen Auge, wie die Amtsärztin Charlotte mitgenommen hatte. Es half kein Flehen und kein Weinen, die Frau ließ sich durch nichts beirren. Sie drohte sogar damit, ihr und Ernst das Sorgerecht entziehen zu lassen, falls Luise nicht zur Vernunft käme. Auch solle sie froh sein, dass so ein geachteter Arzt wie Doktor Schroth sich für sie und ihre Familie eingesetzt habe. Unter normalen Umständen wären sie alle ins Gefängnis gesteckt worden.

In den letzten beiden Tagen konnte sie an nichts anderes mehr denken, als an jenen Moment, in dem die Frau mit Charlotte auf dem Arm das Haus verlassen hatte. Das Geräusch, als die Tür hinter ihr ins Schloss fiel, hallte in Tagträumen und auch im Schlaf ständig durch ihren Kopf. Luise hatte das Gefühl, verrückt zu werden. Ihr Spiegelbild am heutigen Morgen unterstrich diese Vermutung. Die blasse Gesichtsfarbe bildete einen scharfen Kontrast zu ihren leuchtend roten Locken. Ihre eingesunkenen, glanzlosen Augen wurden von schwarzen Ringen untermalt. Die eingefallenen Wangen, ließen ihre Knochen spitz hervortreten. Sie sah aus, als hätte sie tagelang nichts gegessen. Dass Hildegard Tag und Nacht schrie, verbesserte die Situation nicht im geringsten. Sie wurde scheinbar nicht satt. Die Milch in Luises Brust versiegte, obwohl sie das Neugeborene im Abstand von zwei Stunden an ihre wunden Brustwarzen anlegte. Die Kleine trank, schlief an der Brust ein und schrie eine halbe Stunde später abermals. Minna hatte bereits Milchpulver in der Apotheke gekauft, das sie zum Zufüttern nutzten. Luise fühlte sich schlapp und nutzlos. Nicht einmal ihre eigenen Kinder konnte sie versorgen. Das Eine verhungerte und das Andere siechte in diesem Krankenhaus dahin. Es war zum Verzweifeln. In dem Moment, als die Hoffnungslosigkeit am größten schien, öffnete sich die Tür zur Kinderabteilung des Hauses und riss Luise aus ihren Gedanken.

Eine stämmige Krankenschwester mit blendendweißer, gestärkter Kittelschürze bat sie einzutreten. »Folgen sie mir!«

Mit klopfendem Herzen betrat Luise den großen Krankensaal, in dem rechts und links ein Gitterbettchen neben dem anderen aufgereiht war. Die Geruchsmischung aus Urin, Kot und dem von Karbol, die ihr entgegenschlug, löste Übelkeit in der jungen Mutter aus. Ihr suchender Blick irrte durch jedes der Bettchen, an dem sie vorbeilief, in der Hoffnung, sie würde ihre Tochter darin entdecken. Das, was sie sah, erschreckte sie zutiefst. Einjedes der Kinder bot einen bemitleidenswerten Anblick. Sie konnte Charlotte nicht finden. »Schwester, wo ist meine Tochter?« Luise hatte das Gefühl, ihr Herz würde für einen Moment aussetzen.

»Der Doktor hat sie in einem kleineren Krankenzimmer untergebracht, in dem sie mehr Ruhe hat. Ich führe sie gleich dorthin. Vorher ...«

»... warum?« Die Antwort hatte Luise nicht im Geringsten beruhigt.

»Der Arzt hat es angeordnet. Ich stelle keine Fragen.«

Ein ›das sollten sie auch nicht tun‹ hing unausgesprochen in der Luft, zumindest deutete die junge Mutter so den Blick der Krankenschwester.

Ernst fasste nach der eiskalten Hand seiner Frau und drückte sie zur Beruhigung. Er fürchtete sich genauso sehr wie sie. Gemeinsam traten sie durch eine weitere Tür in einen Flur und von dort aus in ein Sprechzimmer.

»Setzen sie sich. Der Doktor möchte zuerst mit ihnen sprechen.«

Sie folgten der Aufforderung nicht.

Luises Herz zog sich abermals krampfhaft zusammen. Es raste und drückte von innen gegen ihre Brust, so als wolle es herausspringen.

Wenig später öffnete sich die Tür erneut und ein weißbekittelter Arzt betrat das Sprechzimmer. Er trug eine Nickelbrille und wirkte insgesamt noch recht jung. Die Unmengen Pomade, die er sich in das rotblonde Haar geschmiert hatte, sorgten dafür, dass es in Form blieb und glänzte, ebenso wie seine weißen Zähne, die Luise entgegenblitzten, als er lächelte.

»Sie müssen Herr und Frau Schramm sein.« Auffordern hielt er den jungen Eltern die Hand entgegen. »Nehmen sie doch Platz!« Er deutete auf die beiden Stühle vor dem Schreibtisch und wartete darauf, dass sie sich setzten.

Luise wollte sich nicht länger mit Förmlichkeiten aufhalten. »Wie geht es unserer Tochter?«

Das Lächeln des Arztes, der es wohl nicht gewöhnt war, dass man ihn unterbrach, erstarb. »Den Umständen entsprechend.«

»Was heißt das?« Luise saß leichenblass und kerzengerade auf dem Stuhl und fixierte ihr Gegenüber.

»Nun, wie sie wissen, ist ihre Tochter sehr krank.«

»Sonst wäre sie ja wohl kaum hier.« Die junge Mutter bemerkte die Hand ihres Mannes auf ihrer und sah zu ihm. Sein mahnender Blick sagte ihr, dass Sarkasmus an dieser Stelle unangebracht war. »Entschuldigung, ich bin etwas aufgeregt. Ich möchte Charlotte gern sehen.«

»Alles zu seiner Zeit. Zuvor möchte ich mich mit ihnen über den Zustand des Kindes unterhalten.«

Des Kindes? Luise kochte vor Wut. Es ging hier um ihre Tochter, nicht um irgendein Kind.

»Die körperliche Verfassung von Charlotte verschlechtert sich von Tag zu Tag. Gehe ich richtig in der Annahme, dass sie schon seit längerer Zeit Probleme beim Schlucken hat?«

Luise und Ernst nickten.

»Das habe ich vermutet. Wahrscheinlich ist das auch der Grund, warum sie so exsikkiert – Verzeihung, ausgetrocknet - bei uns eingeliefert worden war.«

»Wir haben ihr das Trinken mit einer Pipette verabreicht.«

Der Blick des Arztes zeugte von Erstaunen. »Ihr Versuch in allen Ehren, aber die Mengen haben bei weitem nicht ausgereicht. Sie erhält, seit sie in meiner Behandlung ist, Infusionen. An eine orale Ernährung ist nicht zu denken, weil sie sich ständig verschluckt.«

Aufgebracht sprang Luise von ihrem Stuhl. »Aber ihre Medizin, Herr Doktor. Sie braucht sie, ohne ...«

Beschwichtigend hob der Arzt die Hand. »Das ist mir bewusst, meine Liebe. Wir sind dazu übergegangen, ihr das Luminal rektal zu verabreichen, als Einlauf. Das ist keine Dauerlösung, aber es hilft fürs Erste.«

Ein wenig beruhigter nahm Luise wieder Platz. »Fürs Erste?«

»Nun. Ich habe sie als Eltern zu mir gebeten, weil ich wissen möchte, ob wir dem Leid ihrer Tochter nicht ein Ende bereiten sollten.«

Jetzt war es Ernst, den es nicht mehr auf seinem Platz hielt. »Niemals!«

»Aber Herr Schramm ...«

Kreidebleich mit geballten Fäusten stand der junge Vater vor dem Schreibtisch des Arztes und bot ein wahrlich bedrohliches Bild.

»Versuchen sie sich zu beruhigen. Ich verstehe sie. Dennoch müssen sie sich Gedanken darüber machen, wie es weitergehen soll. Charlotte ist taub und blind, die Spasmen in Armen und Beinen sorgen für unerträgliche Schmerzen bei ihrem Kind. Haben sie nicht ihr schmerzverzerrtes Gesicht gesehen?«

Luise zog Ernst wieder zurück auf seinen Platz. »Mein Kind hat in meinen Armen keine Schmerzen. Ich wollte sie nicht von ihnen behandeln lassen. Die Amtsärztin hat uns dazu gezwungen.«

Der junge Arzt schien zu merken, dass er an dieser Stelle nicht weiterkam. Die Eltern waren zu verstockt, um zu erkennen, in welch kläglichem Zustand sich ihr Kind befand. Freilich, wäre es idiotisch geboren, fänden sich Mittel und Wege, aber die Behinderung war Folge einer Infektionskrankheit. Aber was würde man dem Kind nehmen, wenn man sein Lebenslicht erlöscht? Es stellte keinerlei Rapport mit seiner Umwelt her, war nicht zu ernährend, litt unter Anfällen und Schmerzen. Vielleicht sollte er mit Direktor Stein über den Fall sprechen. »Ich verstehe. Die Schwester wird sie jetzt zu ihrer Tochter bringen.« Er stand auf und reichte den Eltern zum Abschied erneut die Hand. »Sollten sie es sich anders überlegen ...«

»Nein.« Luises Antwort war endgültig. Sie drehte sich um und verließ, ohne noch einmal zurückzuschauen, das Sprechzimmer und lief der Schwester nach, die während des gesamten Gesprächs schweigend in der Ecke gestanden hatte. Sie wurde von der Frau in ein Zimmer geführt, in dem nur vier Gitterbettchen standen. In einem davon lag Charlotte. Als Luise ihre Tochter entdeckte, beschleunigte sie ihre Schritte. Der Anblick der Kleinen erschreckte sie. Sie musste sich am Gitter des Bettchens festhalten, damit sie nicht umfiel. Das Alles war zu viel für sie.

Die Schwester schob einen Stuhl an Luise heran. »Setzen sie sich, nicht, dass sie mir noch umkippen.« Sie bedachte die junge Mutter mit einem vorwurfsvollen Blick, bevor sie sich abwandte und um einen der anderen Schützlinge kümmerte.

Durch die Gitterstäbe hindurch griff Luise nach der verkrampften Hand ihrer Tochter. »Hallo, meine Kleine. Mami ist hier.« Sie betrachtete das schlafende Kind, das mit keinerlei Reaktion erkennen ließ, dass es etwas mitbekam. Die rotblonden Locken lagen ausgebreitet wie ein Heiligenschein auf dem Kopfkissen. Sie wirkte so friedlich. Ein Gummischlauch führte vom Arm ihrer Tochter zu einer Flasche, die an einem Ständer hing und gleichmäßig Tropfen abgab. Die Gleichmäßigkeit hatte etwas hypnotisierendes und wirkte beruhigend auf Luise.

Ernst war von der anderen Seite an das Bettchen herangetreten. Er streichelte sanft über den Kopf seines Kindes, die Stirn und das kleine Stupsnäschen. Einzig die Haltung von Armen und Beinen ließen darauf schließen, dass Charlotte krank war. Er rief sich das Gespräch mit dem Arzt noch einmal ins Gedächtnis. *Wie soll es weitergehen?* Auf diese Frage hatte auch er keine Antwort. Vielleicht konnte er seiner Tochter zuhause die Infusionen verabreichen. Er war schließlich Krankenpfleger und dafür ausgebildet. *Dem Leid ein Ende bereiten?* Erneut stieg unbändige Wut in ihm auf. Auch, wenn Charlotte krank war, so wollte er trotzdem an jedem Augenblick ihres Lebens teilhaben. Er wusste, dass es keine Rettung für sie gab. Und doch ...

»Die Besuchszeit ist zu Ende.«

Der unbarmherzige Ton der Krankenschwester beendete die Gedanken des jungen Vaters. Ein letztes Mal strich er der Kleinen über den Kopf, dann griff er nach Luises Hand und führte sie hinaus.

»Bis Samstag ist es noch ewig hin. Ich halte das nicht mehr aus.« Luise war so unausgeglichen wie noch nie in ihrem Leben.

Minna streichelte ihrer Tochter die Wange. »Samstag ist morgen, mein Schatz. Ich kann deine Ungeduld aber nachvollziehen. Es ist schwer, von seinem Kind getrennt zu sein. Wo ist dein Mann?«

»Er schläft. Hildegard hat uns die ganze Nacht wachgehalten. Unsere Unruhe überträgt sich wahrscheinlich auf sie. Sie war durch nichts zu beruhigen.«

Beim Anblick Luises versetzte es ihrem Herzen einen Stich. »Vielleicht solltest du es ihm gleichtun. Du siehst völlig elend aus.«

»Du hast sicher Recht, aber jedes Mal, wenn ich einschlafe, habe ich den Krankensaal mit den vielen missgestalteten Kindern vor Augen und Charlotte, wie sie so allein in ihrem Bettchen liegt. Ich weiß, dass sie mich braucht. Es ist unmenschlich, eine Mutter so lange von ihrem Kind zu trennen!«

»Trotzdem solltest du versuchen, etwas zu schlafen.«

»Nein, ich werde die Windeln auskochen und dir später beim Vorbereiten des Essens helfen. Das lenkt mich ab und lässt mich nicht ständig an diese furchtbaren Dinge denken. Vielleicht bin ich dann heute Abend so erschöpft, dass ich ins Bett falle und einschlafe, ohne zu träumen.«

Minna nahm das Verhalten ihrer Tochter widerspruchslos hin. Egal, was sie sagte, sie würde ja doch tun, was sie für richtig hielt. Dennoch war sie sehr besorgt. Lange würde Luise diese Belastung nicht aushalten.

Sie versuchte, ihre trübsinnigen Gedanken zu verscheuchen, in dem sie das Radio einschaltete. Marika Rökk sang davon, dass der Mensch in der Nacht nicht gern alleine war. *Nicht nur nachts.* Auch, wenn der Text nicht zur Aufmunterung beitrug, so war es doch die eingängige Melodie, die dafür sorgte, dass Minna sich etwas besser fühlte. Eifrig machte sie sich daran, Kartoffeln und Zwiebeln zu schälen und die Semmelwurst in grobe Würfel zu schneiden. Sie freute sich schon auf das Abendessen.

Als sie fertig war, sah sie aus dem Küchenfenster in den Hinterhof und beobachtete ihre Tochter dabei, wie sie mit einem Kochlöffel dampfende Windeln von einer riesigen Schüssel in eine andere hievte. Mullwindeln auskochend war eine kräftezehrende Tätigkeit.

Sie holte zwei Gläser aus der Anrichte, goss etwas von dem selbstgemachten Johannisbeerlikör hinein und machte sich auf den Weg in Richtung Hof. »Du solltest eine Pause machen.« Auffordernd hielt sie ihrer Tochter das Glas entgegen.

Luise ergriff das Likörglas, führte es unter ihre Nase und roch daran. »Johannisbeere?«

Grinsend nickte Minna. »Der beste Likör, den ich je gemacht habe. Prost!«

Gemeinsam mit ihrer Mutter trank sie das leckere Getränk und hielt für einen kostbaren Augenblick mit ihrer Tätigkeit inne. Sie schloss die Augen und genoss jeden einzelnen Tropfen, der warm und weich ihre Kehle hinunterrann. Dann reichte sie ihrer Mutter das Glas zurück und beugte sich erneut über die dampfenden Emailleschüsseln.

»Ich werde mal nach der Post sehen.« Als sie wieder ins Haus ging, kam ihr Ernst entgegen. »Sie ist draußen und wäscht Windeln.« Minna stellte die Gläser auf den Tisch und lief in Richtung Briefkasten. Neben einer Rechnung der Heißmangel nahm sie einen Brief der Nervenheilanstalt heraus, adressiert an Herrn und Frau Schramm. Aufgeregt rannte sie damit zurück in den Hinterhof, wo sie die beiden in ein Gespräch vertieft vorfand. Sie wartete nicht, sondern fuchtelte wild mit dem Umschlag in ihrer Hand herum. »Ein Brief ... aus Pfafferode!«

Eilig riss Ernst seiner Schwiegermutter die Post aus der Hand, öffnete ihn hastig und begann gemeinsam mit Luise zu lesen.

Pfafferode, 27. Juli 1944
AZ: 983-1944

Sehr geehrte Frau Schramm, sehr geehrter Herr Schramm!

Mit dem größten Bedauern müssen wir ihnen mitteilen, dass Ihre Tochter Charlotte am gestrigen Tage einer besonders schweren Form der

Atemlähmung in der Folge eines Krampfanfalls erlegen ist. Wir haben alles in unserer Macht stehende getan ...

Die weiteren Worte verschwammen vor Luises Augen. Sie war nicht imstande, den Brief zu Ende zu lesen. Der einzige Gedanke, der ihren Geist erfüllte, war, dass ihre geliebte Tochter tot war. *Nein! Das konnte nicht sein. Das durfte nicht wahr sein!* Sie wischte sich die Tränen von den Wangen und riss Ernst den Brief aus der Hand und las. Dabei fiel ihr Blick auf das Aktenzeichen. AZ 983-1944. Ein gequälter Laut entfuhr ihrer Kehle. *Nummer 983. Sie haben sie getötet.*

EPILOG

Mühlhausen, 5. Mai 2017

Johanna liefen die Tränen über die Wangen. »Das ist alles so furchtbar, Oma. Bist du dir sicher, dass man Charlotte getötet hat? Ich meine, sie war doch sehr krank.«
Luise legte das Messer neben das Frühstücksbrettchen und nickte. »Nach allem, was der Arzt in dem Gespräch angedeutet hatte, glaubte ich an keinen Zufall. Außerdem vergisst du, dass ich jahrelang als Sekretärin des ärztlichen Direktors gearbeitet habe. Da ist mir so Einiges zu Ohren gekommen. Natürlich hat niemand offiziell davon gesprochen, aber von deinem Großvater wusste ich, dass es Gerüchte gab. Denen zufolge habe der Klinikleiter häufiger die Patienten allein visitiert. Kurz darauf seien die Kranken, die er aufgesucht hatte, an Atemlähmung oder Herzinfarkten verstorben.
»Atemlähmung? Du glaubst also wirklich ...«
Erschrocken sah Johanna in das Gesicht ihrer Großmutter, dass keinerlei Regung zeigte. »Habt ihr eine Meldung bei der Polizei gemacht?«
»Nein. Nachdem Charlotte beerdigt worden war, haben wir beide unsere Stellen gekündigt, das Haus verkauft und alle Zelte hinter uns abgebrochen. Wir sind mit dem, was wir auf dem Leib tragen konnten, vorübergehend nach Eisenach zu Tante Walburga gezogen. Meine Mutter und sie waren glücklich, einander zu haben, und wir

hatten ein Dach über dem Kopf. Später sind dein Großvater und ich nach Potsdam übergesiedelt. Wir haben uns in der Nähe der Stadt das Haus gekauft, in dem wir jetzt wohnen und haben deine Mutter und deinen Onkel Albert, der kurz nach Kriegsende geboren wurde, dort großgezogen. Ich wollte, dass mich nichts mehr an die furchtbare Zeit in Mühlhausen erinnert. Dein Großvater und ich hatten uns geschworen, niemals mehr ein Wort über all die entsetzlichen Dinge zu verlieren. Das haben wir auch nicht, bis zu dem Tag, an dem er starb.«

»Aber, es musste doch irgendjemanden gegeben haben, der dafür zur Rechenschaft gezogen wurde!« Aufgebracht fuhr sich Johanna durch ihre blonden Haare, genau wie ihr Großvater es immer getan hatte.

»Mein liebes Kind, das ist eine Ewigkeit her. Es hat Prozesse gegeben, in denen die Hauptverantwortlichen verurteilt worden waren. Einige sind unbehelligt durch die Maschen der Justiz geschlüpft. Aber auch sie traten irgendwann vor ihren Schöpfer und mussten sich für ihre Taten rechtfertigen. Viele der Kliniken, in denen diese furchtbaren Dinge geschehen waren, haben die Akten, die nicht vernichtet worden sind, aufgearbeitet. In den Tötungsanstalten wurden Gedenkstätten eingerichtet, damit niemand vergisst, wozu Menschen fähig sind.«

Ende

238

Anmerkungen der Autorin

Oft werde ich von den Lesern gefragt, welche Ereignisse in meinen Romanen auf wahren Begebenheiten beruhen und welche nicht. Die Protagonisten für diese Geschichte sind fiktiv. Luise, Ernst und ihre Familie existieren nur in meiner Phantasie. Sie sollen stellvertretend für viele andere stehen, die in den Kriegswirren so viel Grausames erdulden mussten.

Wie in jeder Geschichte gibt es aber auch das eine oder andere Körnchen Wahrheit.

Die Orte, an denen die Romanhelden gelebt und gearbeitet haben, existieren in der Realität.

Die Straßenbahn fuhr entlang der Plätze und Straßen, die ich im Buch beschrieben habe. Die Straßennamen von damals sind zum Teil geändert worden. So gibt es heute die Schlageterstraße, die Hindenburgstraße und auch die Straße der SA als solche nicht mehr.

Die erwähnten Gasthäuser waren so real wie die genannten Kinos und deren Spielpläne. Auch die Radiosendungen und die Interpreten der Schlager gingen damals über den Äther.

Ich habe recherchiert, was die Menschen für Kleidung getragen haben und was es zu Essen gab. Es gab auf höchsten Führerbefehl Eintopfsonntage, bei denen öffentlich Suppe gegessen und das gesparte Geld dem Winterhilfswerk zur Verfügung gestellt wurde.

Auch die Ehetauglichkeitszeugnisse vom Gesundheitsamt, die dem Nachweis des Fehlens von Erbkrankheiten diente, und die für die Ehe nötigen Anträge zur Prüfung der Deutschblütigkeit sind keine Erfindung meines Geistes.

Es wurden Gesetze erlassen, wie die Polizeiverordnung »über die Kennzeichnung der Juden« am 1. September 1941. Die jüdischen Mitbürger wurden gezwungen, einen gelben Stern mit der Aufschrift »Jude« zu tragen, eine Arbeitspflicht für Juden ab dem sechsten Lebensjahr wurde eingeführt. Außerdem wurde ihnen verboten, öffentliche Verkehrsmittel zu benutzen, Fahrräder, Radios oder Haustiere zu besitzen. (Siehe Chronik der Stadt Mühlhausen, Eintrag vom 1. September 1941).

Die Nacht, in der Charlotte geboren wurde, war tatsächlich eine der kältesten im Jahr 1942. Auch der beschriebene Schneesturm, der den Straßenbahnverkehr zum Erliegen brachte, wird in der Stadtchronik erwähnt.

Die Inbetriebnahme eines modernen Krankentransportwagens durch die DRK-Kreisstelle am 30. Januar 1942 kann man dort ebenso nachlesen wie die Bombenangriffe auf Bad Langensalza am 24. März 1944 und Mühlhausen am 12.Mai 1944.

Sehr viel recherchiert habe ich auch über das Gesetz »Zur Verhütung erbkranken Nachwuchses«, die daraus entwickelten Praktiken zur Sterilisation erbkranker Menschen, die in der Folge durchgeführten Tötungen im Rahmen der Kinder-Euthanasie-Aktion und der später praktizierten Erwachsenen-Euthanasie, der (laut Chronik der Klinik) auch Patienten aus Pfafferode zum Opfer fielen.

Die Erfassung der chronisch Kranken erfolgte in den meisten psychiatrischen Kliniken überall in Deutschland und in den Nachbarstaaten.

Es war eine dunkle Zeit.

Die Weltwirtschaftskrise 1933 sorgte für hohe Arbeitslosenquoten. Die Menschen hungerten, waren unzufrieden und verärgert über die Politiker. Wie sonst hätte es einem Mann wie Adolf Hitler gelingen können, eine ganze Nation mit seinen Gedanken zu infizieren und in den schlimmsten Krieg seit Menschengedenken zu führen? Wie konnte es passieren, dass Menschen mit nichtarischen Wurzeln, wenn sie nicht schnell genug fliehen konnten, in Massen hingerichtet wurden, ebenso wie andere, die chronisch krank und somit eine Belastung für die Staatskassen waren.

In vielen psychiatrischen Kliniken des Landes wurden die Patienten registriert und von Gutachtern darüber entschieden, welcher der Kranken ein lebenswertes Dasein führte und welcher nicht. In den sechs Tötungseinrichtungen des Landes (Grafeneck auf der Schwäbischen Alb, Görden in Brandenburg, Bernburg in Sachsen-Anhalt, Hartheim in Oberösterreich,

Pirna-Sonnenstein in Sachsen und Hadamar bei Limburg) wurden die Patienten dann getötet.

Es wurden dort Duschen speziell dafür umgerüstet, so viele Patienten wie möglich gleichzeitig zu töten. Sie wurden nackt in die gefliesten Räume geführt, die Türen verschlossen und Kohlenmonoxid hineingeleitet. Durch eine kleine Scheibe in der Tür wurde beobachtet, wie die Menschen bewusstlos zu Boden sanken und starben. Nach einer Stunde ließ man das Gas aus dem Raum und entfernte die Leichname. Sie wurden in extra dafür gebauten Krematorien verbrannt, jedoch erst, nachdem man ihnen das Zahngold aus dem Mund herausgebrochen hatte.

Diese Methode hielt man für menschenwürdiger als die bisher durchgeführten Hinrichtungen

Die Daten der Patienten wurden zuvor in einer zentralen Stelle in der Berliner Tiergartenstraße 4 (die Adresse stand für den Namen der Aktion T4) zusammengetragen. Gutachter legten fest, ob ein Kranker in eine der Tötungsanstalten verlegt werden sollte oder nicht. Klinikleiter und Amtsärzte waren verpflichtet worden, die Patienten lückenlos zu erfassen und zu melden.

Auch in Mühlhausen, in der Nervenheilanstalt Pfafferode, waren, so wie in den meisten psychiatrischen Kliniken des Landes, die Menschen, die hier betreut wurden, lückenlos erfasst worden. Gutachter der Zentralestelle in Berlin entschieden darüber, wer als lebenswert galt und wer nicht. In den sogenannten »Z-Akten«

erfolgte die Registrierung der Kranken, Gutachter vermerkten am Ende des jeweiligen Dokuments ein »Plus« oder ein »Minus« und legten fest, welcher Patient in eine der sechs Tötungsanstalten transportiert werden sollte.

Am 25. Juni 1940 erfolgte der erste Transport von Pfafferode aus. Es wurden 27 Patienten in einem großräumigen Bus mit undurchsichtigen Fenstern in die Zwischenstation Altscherbitz verbracht. Von ihnen wurden am 30. Juli 1940 18 in der Tötungsanstalt Brandenburg ermordet. Dem ersten Transport folgten fünf weitere, der Letzte am 9. April 1941.

Durch die Predigten des Münsteraner Bischofs Clemens Graf von Galen am 3. August 1941 wurden die Patiententötungen angeprangert und fanden ein offizielles Ende. Im Hintergrund arbeitete die grausame Maschinerie der Erfassung der Kranken und deren Tötungen jedoch weiter.

Haus 17 und 18 wurden zu Sterbestationen umfunktioniert. Dort wurde gezielt getötet. In den letzten beiden Kriegsjahren brüstete sich der damalige ärztliche Direktor der Pfafferöder Nervenheilanstalt einem befreundeten Kollegen gegenüber damit, dass er eine »fantastische Sterberate« unter den in der Anstalt untergebrachten unproduktiven Patienten erzielt habe. Durch ihn wurde auch ein Elektroschockgerät angeschafft, mit dem er die »aufgespeicherten Fälle« in Behandlung nehmen konnte.

Ab 01. Januar 1944 wurde in Pfafferode eine Zweigstelle des der Luftwaffe unterstehenden Instituts für Wehrhygiene im Labor in Haus 23 eingerichtet. Hier erfolgten Menschenversuche. Patienten waren mit Malaria infiziert und Medikamente an ihnen getestet worden.

Anfang 1945 wurde Zentralverrechnungsstelle für Heil-und Pflegeanstalten, die vorher in Berlin angesiedelt war, in Pfafferode untergebracht.

Viele dieser Tatsachen und noch weitere Details sind in der Chronik zum 100-jährigen Bestehen der Klinik, in der bereits viele Fakten aus der Zeit des Nationalsozialismus von den Mitarbeitern der Klinik akribisch aufgearbeitet wurden, einige auch in der Chronik der Stadt, nachzulesen.

Die Verbrechen der Vergangenheit, verlieren nur dadurch ihren Schrecken, weil sie in Vergessenheit geraten. Das darf niemals passieren.

Quellen und weiterführende Literatur:
1. E. Klee: »Euthanasie im NS-Staat - Die Vernichtung lebensunwerten Lebens«, S. Fischer Verlag, 1983
2. L. Adler, K. Dützmann, E. Goethe: »100 Jahre Pfafferode 1912-2012«, René Burkhardt Verlag, 2012
3. G. Görner, B. Kaiser »Chronik der Stadt Mühlhausen 1891-1945, Band 5«, Verlag Rockstuhl 2004

Danksagung

Es gibt einige Menschen, denen ich zu großem Dank verpflichtet bin. Allen voran – wie immer – meinem Mann Michael. Geduldig nimmt er es hin, wenn mich die »Schreibwut« packt, und sorgt dafür, dass ich vor dem Computer nicht verhungere.

Meiner Oma Gitte gilt ebenfalls großer Dank. In unzähligen Telefonaten habe ich sie um Faktenwissen gebeten. Wer hat wo in der Schaffentorstraße gewohnt? Was hat es wo für Läden gegeben? Was gab es zu Essen? Was hatten die Leute an? Wie hat Zichorienkaffee gerochen? Obwohl sie zu Kriegszeiten noch ein kleines Kind war, ist doch so manche Anekdote zum Vorschein gekommen, die ich nicht wieder vergessen werde, wie zum Beispiel die von ihrem Bruder Horst und seinem Hund Struppi. Außerdem hat sie mir erzählt, dass die Hausbesitzer bei Fliegeralarm immer die Haustüren öffnen mussten, um Menschen, die es nicht schnell genug in einen Luftschutzbunker geschafft hatten, Schutz im hauseigenen Keller zu ermöglichen. Danke Oma!

Auch an die Testleser des Romans geht ein herzliches Dankeschön. Die konstruktive Kritik meiner Schwiegermutter, Gabriele Bauer, war mir ebenso wichtig wie die meiner Freundin Anne

Weinreich. Mein Freund, Jens-Peter Kaletsch hat es auch wieder auf sich genommen, meine künstlerischen »Ergüsse« zu kommentieren, genauso wie Alfred Jagemann, Sarah Hesse und Constanze Aldinger. Dafür gilt euch mein Dank.

Bei den Treffen des Mühlhäuser Autorenkreises habe ich Auszüge aus dem Roman zum Besten gegeben und mit den Texten einige interessante Diskussionen angeregt. Es hat Spaß gemacht, die Passagen zu erörtern. Herzlichen Dank an die befreundeten Autoren dieser illustren Runde.

Sehr viel Freude haben mir auch die Recherchen im Mühlhäuser Stadtarchiv bereitet. Die Mitarbeiter dort waren stets hilfsbereit und super freundlich. Sie unterstützten mich beim Heraussuchen der Zeitungstexte, machten mich auf Literatur aufmerksam, die hilfreich sein könnte und hatten immer ein offenes Ohr für meine Fragen. Besonders möchte ich Benjamin Graf danken, der mir jederzeit mit Rat und Tat zur Seite stand und so manches historische Dokument parat gehalten hat.

Auch meinen lieben Buchperlen, allen voran Jutta Wölk und Elisabeth Marienhagen, außerdem Uwe Grießmann, Alegra Cassano, Mona Frick, Cornelia Briend, Jana Zenker, Anne Lay, Claudia Rimkus und Marlies Borghold gilt wie immer mein herzlichster Dank. Ihr seid die Besten, wenn es darum geht, Fehlerteufel in meinen Texten zu finden, ob es um Rechtschreibung geht, die Kommasetzung oder um die Perspektiven.

In Fragen Kirchenasyl und Petrigemeinde fühlte ich mich von Herrn Pfarrer Tobias Krüger ausgezeichnet beraten. Er sorgte – ohne es zu wissen - auch für die Wende in meinem Roman, in der ich Luise bei Elsbeth einquartierte. Er machte mir klar, dass es undenkbar gewesen wäre, der Protagonistin in der Kirche Asyl zu gewähren, weil es hier eine »stramme Nazi-Gemeinde Deutscher Christen« gab. Um so nah wie möglich an der Geschichte zu bleiben, hab ich mich also umentschieden und Luise nicht in der Petrikirche einquartiert, sondern bei ihren Freunden.

Mein allergrößter Dank gilt Euch Lesern, die Ihr mich immer wieder ermuntert habt, so schnell wie möglich den Roman zu Ende zu bringen, damit es Stoff zum Schmökern gibt. Ohne Euch ginge es nicht. Ich freue mich auch jedes Mal über die Rezensionen, die ihr mir zukommen lasst. Die persönlichen Rückmeldungen motivieren mich, an meinen Texten weiterzuschreiben. Eure Kommentare auf Facebook erfreuen mein Autorenherz ebenso wie Eure Däumchen.

Ich hoffe, dass ich niemanden vergessen habe, falls doch, seht es mir nach.
Wie jedes Mal freue ich mich über konstruktive

Kritik und Anregungen euererseits.
Schickt mir gern eine Email an folgende Adresse:
y_bauer@ymail.com

Diedorf, 6. Juni 2017

Über die Autorin

Yvonne Bauer wurde 1972 in Mühlhausen geboren. Dort ist sie auch zur Schule gegangen und aufgewachsen. Nach dem Abitur hat sie eine Ausbildung zur Fremdsprachensekretärin absolviert und einige Zeit in diesem Beruf gearbeitet.

Ein Jahrzehnt darauf verwirklichte sie ihren Traum und begann ein Medizinstudium, das sie sechs Jahre später erfolgreich abschloss. Seitdem arbeitet sie als Ärztin.

Bereits als Kind hat sie mit selbstgemalten Bildern Geschichten erzählt. Mit dem Schreiben- und Lesenlernen kamen dann Texte hinzu. Parallel dazu verschlang sie einen Roman nach dem Anderen, wobei sie schon immer eine besondere Vorliebe für historische Werke hegte.

Vor etwas mehr als fünf Jahren hat die Autorin mit den Recherchen für ihren ersten Roman »ANTONIUSFEUER« begonnen. Dieses Buch ist ihr Debüt und der Auftakt für eine Trilogie. »MARIENGLUT« bildet als Fortsetzung den zweiten Teil. Am letzten Teil arbeitet sie bereits.

Stetige Unterstützung erfährt sie dabei durch ihren Mann Michael.

Bisher erschienen:

Antoniusfeuer - Historischer Mühlhausen - Roman Band 1
ISBN 978-3-7347-8198-8, Januar 2014

Ebola, Kurzgeschichte,
ISBN 978-3-7347-8026-4, Oktober 2014

Die Kainsprung-Hexe, Kurzgeschichte,
ISBN 978-3-7347-7560-4, Oktober 2014

Die Mühlhäuser Batseba, Kurzgeschichte
ISBN 978-3-7386-3405-1, August 2015

Marienglut, Historischer Mühlhausen - Roman Band 2
ISBN 978-3-741-24210-6, Juli 2016

Klappentext

Mühlhausen 1941: Luise tritt eine Stelle im Schreibbüro der hiesigen Nervenheilanstalt an und lernt hier Ernst, die Liebe ihres Lebens, kennen. Würde nicht Krieg herrschen, so wäre sie die glücklichste Frau auf der ganzen Welt.

Doch dann erfährt sie von Zwischenfällen in der Klinik, ohne jedoch im Geringsten deren Ausmaße zu erahnen. Sie ignoriert die scheußliche Wahrheit bis zu dem Tag, an dem sie und ihre Familie selbst in die furchtbaren Ereignisse verstrickt werden.

Im Laufe der Jahre hüllt die Zeit den Mantel der Vergessenheit über die grausamen Geschehnisse bis zu jenem Tag, an dem Luises geliebter Mann stirbt. Nun wird sie von den Schatten der Vergangenheit eingeholt. Ein schreckliches Familiengeheimnis kommt ans Licht …